Franz Kafka

Brief an den Vater

fabula Verlag Hamburg

Kafka, Franz: Brief an den Vater. 2015
Neuauflage der Ausgabe von 1919
ISBN: 978-3-95855-181-7

Umschlaggestaltung: fabula Verlag Hamburg

Bibliografische Information der Deutschen Nationalbibliothek: Die Deutsche Nationalbibliothek verzeichnet diese Publikation in der Deutschen Nationalbibliografie; detaillierte bibliografische Daten sind im Internet über https://dnb.de abrufbar.

Der fabula Verlag Hamburg ist ein Imprint der Bedey & Thoms Media GmbH, Hermannstal 119k, 22119 Hamburg

---

fabula Verlag Hamburg, 2015
https://fabula-verlag-hamburg.de/
Gedruckt in Deutschland

Franz Kafka

Brief an den Vater

fabula

Liebster Vater,

Du hast mich letzthin einmal gefragt, warum ich behaupte, ich hätte Furcht vor Dir. Ich wusste Dir, wie gewöhnlich, nichts zu antworten, zum Teil eben aus der Furcht, die ich vor Dir habe, zum Teil deshalb, weil zur Begründung dieser Furcht zu viele Einzelnheiten gehören, als dass ich sie im Reden halbwegs zusammenhalten könnte. Und wenn ich hier versuche Dir schriftlich zu antworten, so wird es doch nur sehr unvollständig sein, weil auch im Schreiben die Furcht und ihre Folgen mich Dir gegenüber behindern und weil überhaupt die Grösse des Stoffs über mein Gedächtnis und meinen Verstand weit hinausgeht.

Dir hat sich die Sache immer sehr einfach dargestellt, wenigstens soweit Du vor mir und, ohne Auswahl, vor vielen andern davon gesprochen hast. Es schien Dir etwa so zu sein: Du hast Dein ganzes Leben lang schwer gearbeitet, alles für Deine Kinder, vor allem für mich geopfert, ich habe infolgedessen „in Saus und Braus" gelebt, habe vollständige Freiheit gehabt zu lernen, was ich wollte, habe keinen Anlass zu Nahrungssorgen, also zu Sorgen überhaupt gehabt; Du hast dafür keine Dankbarkeit verlangt, Du kennst „die Dankbarkeit der Kinder", aber doch wenigstens irgendein Entgegenkommen, Zeichen eines Mitgefühls; statt dessen habe ich mich seit jeher vor Dir verkrochen, in mein Zimmer, zu Büchern, zu verrückten Freunden, zu überspannten Ideen; offen gesprochen habe ich mit Dir niemals, in den

Tempel ~~das ist Kindespflicht~~ ich wollte solche Erklärungen schreiben Milena, aber ich bringe es nicht über mich den Brief darauf hin noch einmal zu lesen, die Hauptsache bleibt ja verständlich[1] bin ich nicht zu Dir gekommen, in Franzensbad habe ich Dich nie besucht, auch sonst nie Familiensinn gehabt, für das Geschäft und Deine sonstigen Angelegenheiten habe ich mich nicht gekümmert, die Fabrik habe ich Dir aufgehalst und Dich dann verlassen, Ottla habe ich in ihrem Eigensinn unterstützt und während ich für Dich keinen Finger rühre (nicht einmal eine Theaterkarte bringe ich Dir) tue ich für Freunde alles. Fasst Du Dein Urteil über mich zusammen, so ergibt sich, dass Du mir zwar etwas geradezu Unanständiges oder Böses nicht vorwirfst (mit Ausnahme vielleicht meiner letzten Heiratsabsicht), aber Kälte, Fremdheit, Undankbarkeit. Und zwar wirfst Du es mir so vor, als wäre es meine Schuld, als hätte ich etwa mit einer Steuerdrehung das Ganze anders einrichten können, während Du nicht die geringste Schuld daran hast, es wäre denn die, dass Du zu gut zu mir gewesen bist.

Diese Deine übliche Darstellung halte ich nur soweit für richtig, dass auch ich glaube, Du seist gänzlich schuldlos an unserer Entfremdung. Aber ebenso gänzlich schuldlos bin auch ich. Könnte ich Dich dazu bringen, dass Du das anerkennst, dann wäre – nicht etwa ein neues Leben möglich, dazu sind wir beide viel zu alt, aber doch eine Art Friede, kein Aufhören, aber doch ein Mildern Deiner unaufhörlichen Vorwürfe.

Irgendeine Ahnung dessen, was ich sagen will, hast Du merkwürdiger Weise. So hast Du mir z. B. vor kurzem gesagt: „ich habe Dich immer gern gehabt, wenn ich auch äußerlich nicht so zu Dir war wie andere Väter zu sein pflegen, eben deshalb weil ich mich nicht verstellen kann, wie andere." Nun habe ich, Vater, im Ganzen niemals an Deiner Güte mir ge-

1 Anmerkung an seine Übersetzerin und Freundin Milena Jesenská.

genüber gezweifelt, aber diese Bemerkung halte ich für unrichtig. Du kannst Dich nicht verstellen, das ist richtig, aber nur aus diesem Grunde behaupten wollen, dass die andern Väter sich verstellen, ist entweder bloße, nicht weiter diskutierbare Rechthaberei oder aber – und das ist es meiner Meinung nach wirklich – der verhüllte Ausdruck dafür, dass zwischen uns etwas nicht in Ordnung ist und dass Du es mitverursacht hast, aber ohne Schuld. Meinst Du das wirklich, dann sind wir einig.

Ich sage ja natürlich nicht, dass ich das, was ich bin, nur durch Deine Einwirkung geworden bin. Das wäre sehr übertrieben (und ich neige sogar zu dieser Übertreibung.) Es ist sehr leicht möglich, dass ich, selbst wenn ich ganz frei von Deinem Einfluss aufgewachsen wäre, doch kein Mensch nach Deinem Herzen hätte werden können. Ich wäre wahrscheinlich doch ein schwächlicher, ängstlicher, zögernder, unruhiger Mensch geworden, weder Robert Kafka, noch Karl Hermann, aber doch ganz anders, als ich wirklich bin und wir hätten uns ausgezeichnet mit einander vertragen können. Ich wäre glücklich gewesen, Dich als Freund, als Chef, als Onkel, als Großvater, ja selbst (wenn auch schon zögernder) als Schwiegervater zu haben. Nur eben als Vater warst Du zu stark für mich, besonders da meine Brüder klein starben, die Schwestern erst lange nachher kamen, ich also den ersten Stoß ganz allein aushalten musste, dazu war ich viel zu schwach. Vergleiche uns beide: ich, um es sehr abgekürzt auszudrücken, ein Löwy mit einem gewissen Kafka'schen Fond, der aber eben nicht durch den Kafka'schen Lebens-, Geschäfts-, Eroberungswillen in Bewegung gesetzt wird, sondern durch einen Löwy'schen Stachel, der geheimer, scheuer, in anderer Richtung wirkt und oft überhaupt aussetzt. Du dagegen ein wirklicher Kafka an Stärke, Gesundheit, Appetit, Stimmkraft, Redebegabung, Selbstzufriedenheit, Weltüberlegenheit, Ausdauer, Geistesgegenwart, Menschenkenntnis, einer gewissen Großzügigkeit, natürlich auch mit allen zu diesen Vorzügen gehörigen Fehlern und Schwächen, in welche Dich Dein Temperament und manchmal Dein Jähzorn hineinhetzen. Nicht ganzer Kafka bist Du vielleicht in Deiner allgemeinen Weltansicht, soweit ich Dich mit Onkel Philipp, Ludwig, Heinrich vergleichen kann. Das ist merkwürdig, ich sehe hier auch nicht ganz klar. Sie waren doch alle fröhlicher, frischer, ungezwungener, leichtlebiger, weniger streng als Du. (Darin habe ich übrigens viel von Dir geerbt und das Erbe viel zu gut verwaltet, ohne allerdings die nötigen Gegengewichte in meinem Wesen zu haben, wie Du sie hast.) Doch hast auch andererseits Du in dieser Hinsicht verschiedene Zeiten durchgemacht, warst vielleicht fröhlicher, ehe Dich Deine Kinder, besonders ich, enttäuschten und zuhause bedrückten (kamen Fremde, warst Du ja anders) und bist auch jetzt vielleicht wieder fröhlicher geworden, da Dir die Enkel und der Schwiegersohn wieder etwas von jener Wärme geben, die Dir die Kinder, bis auf Valli vielleicht, nicht geben konnten. Jedenfalls waren wir so verschieden und in dieser Verschiedenheit einander so gefährlich, dass, wenn man es hätte etwa im Voraus ausrechnen wollen, wie ich, das langsam sich entwickelnde Kind, und Du, der fertige Mann, sich zu einander verhalten werden, man hätte annehmen können, dass Du mich einfach niederstampfen wirst, dass nichts von mir übrig bleibt. Das ist nun nicht geschehn, das Lebendige lässt sich nicht ausrechnen, aber vielleicht ist Ärgeres geschehn. Wobei ich Dich aber immerfort bitte, nicht zu vergessen, dass ich niemals im Entferntesten an eine Schuld Deinerseits glaube. Du wirktest so auf mich, wie Du wirken musstest, nur sollst Du aufhören, es für eine besondere Bosheit meinerseits zu halten, dass ich dieser Wirkung erlegen bin. Ich war ein ängstliches Kind, trotzdem war ich gewiss auch störrisch, wie Kinder sind, gewiss verwöhnte mich die Mutter auch, aber ich kann nicht glauben, dass ich besonders schwer lenkbar war, ich kann nicht glauben, dass ein freundliches Wort, ein stilles Bei-der-Hand-nehmen, ein guter Blick mir nicht alles hätten abfordern können, was man wollte. Nun bist Du ja im Grunde ein gütiger und weicher Mensch (das Folgende wird dem nicht widersprechen, ich rede ja nur von der Erscheinung, in der Du auf das Kind wirktest) aber nicht jedes Kind hat die Ausdauer und Unerschrockenheit, solange zu suchen, bis es zu der Güte kommt. Du kannst ein Kind nur so behandeln, wie Du eben selbst geschaffen bist, mit Kraft, Lärm und Jähzorn und in diesem Fall schien Dir das auch noch überdies deshalb sehr gut geeignet, weil Du einen kräftigen mutigen Jungen in mir aufziehn wolltest.

Deine Erziehungsmittel in den allerersten Jahren kann ich heute natürlich nicht unmittelbar beschreiben, aber ich kann sie mir etwa vorstellen durch Rückschluss aus den späteren Jahren und aus Deiner Behandlung des Felix. Hierbei kommt verschärfend in Betracht, dass Du damals jünger, daher frischer, wilder, ursprünglicher, noch unbekümmerter warst als heute und dass Du außerdem ganz an das Geschäft gebunden warst, kaum einmal des Tages Dich mir zeigen konntest und deshalb einen umso tieferen Eindruck auf mich machtest, der sich kaum je zur Gewöhnung verflachte.

Direkt erinnere ich mich nur an einen Vorfall aus den ersten Jahren, Du erinnerst Dich vielleicht auch daran. Ich winselte einmal in der Nacht immerfort um Wasser, gewiss nicht aus Durst, sondern wahrscheinlich teils um zu ärgern, teils um mich zu unterhalten. Nachdem einige starke Drohungen nicht geholfen hatten, nahmst Du mich aus dem Bett, trugst mich auf die Pawlatsche und ließest mich dort allein vor der geschlossenen Tür ein Weilchen im Hemd stehn. Ich will nicht sagen, dass das unrichtig war, vielleicht war damals die Nachtruhe auf andere Weise wirklich nicht zu verschaffen, ich will aber damit Deine Erziehungsmittel und ihre Wirkung auf mich charakterisieren. Ich war damals nachher wohl schon folgsam, aber ich hatte einen innern Schaden davon. Das für mich Selbstverständliche des sinnlosen Ums-Wasser-bittens und das ausserordentlich Schreckliche des Hinausgetragen-werdens konnte ich meiner Natur nach niemals in die richtige Verbindung bringen. Noch nach Jahren litt ich unter der quälenden Vorstellung, dass der riesige Mann, mein Vater, die letzte Instanz fast ohne Grund kommen und mich in der Nacht aus dem Bett auf die Pawlatsche tragen konnte und dass ich also ein solches Nichts für ihn war.

Das war damals ein kleiner Anfang nur, aber dieses mich oft beherrschende Gefühl der Nichtigkeit (ein in anderer Hinsicht allerdings auch edles und fruchtbares Gefühl) stammt vielfach von Deinem Einfluss. Ich hätte ein wenig Aufmunterung, ein wenig Freundlichkeit, ein wenig Offenhalten meines Wegs gebraucht, statt dessen verstelltest Du mir, in der guten Absicht freilich, dass ich einen andern Weg gehen sollte. Aber dazu taugte ich nicht. Du muntertest mich z. B. auf, wenn ich gut salutierte und marschierte, aber ich war kein künftiger Soldat, oder Du muntertest mich auf, wenn ich kräftig essen und sogar Bier dazu trinken konnte, oder wenn ich unverstandene Lieder nachsingen oder Deine Lieblingsredensarten Dir nachplappern konnte, aber nichts davon gehörte zu meiner Zukunft. Und es ist bezeichnend, dass Du selbst heute mich nur dann eigentlich in etwas aufmunterst, wenn Du selbst in Mitleidenschaft gezogen bist, wenn es sich um Dein Selbstgefühl handelt, das ich verletze (z. B. durch meine Heiratsabsicht) oder das in mir verletzt wird (wenn z. B. Pepa mich beschimpft). Dann werde ich aufgemuntert, an meinen Wert erinnert, auf die Partien hingewiesen, die ich zu machen berechtigt wäre und Pepa wird vollständig verurteilt. Aber abgesehen davon, dass ich für Aufmunterung in meinem jetzigen Alter schon fast unzugänglich bin, was würde sie mir auch helfen, wenn sie nur dann eintritt, wo es nicht in erster Reihe um mich geht.

Damals und damals überall hätte ich die Aufmunterung gebraucht. Ich war ja schon niedergedrückt durch Deine bloße Körperlichkeit. Ich erinnere mich z. B. daran, wie wir uns öfters zusammen in einer Kabine auszogen. Ich mager, schwach, schmal, Du stark, groß, breit. Schon in der Kabine kam ich mir jämmerlich vor und zwar nicht nur vor Dir, sondern vor der ganzen Welt, denn Du warst für mich das Maß aller Dinge. Traten wir dann aber aus der Kabine vor die Leute hinaus, ich an Deiner Hand, ein kleines Gerippe, unsicher, bloßfüßig auf den Planken, in Angst vor dem Wasser, unfähig Deine Schwimmbewegungen nachzumachen, die Du mir in guter Absicht, aber tatsächlich zu meiner tiefen Beschämung immerfort vormachtest, dann war ich sehr verzweifelt und alle meine schlimmen Erfahrungen auf allen Gebieten stimmten in solchen Augenblicken großartig zusammen. Am wohlsten war mir noch, wenn Du Dich manchmal zuerst auszogst und ich allein in der Kabine bleiben und die Schande des öffentlichen Auftretens solange hinauszögern konnte, bis Du endlich nachschauen kamst und mich aus der Kabine triebst. Dankbar war ich Dir dafür, dass Du meine Not nicht zu bemerken schienest, auch war ich stolz auf den Körper meines Vaters. Übrigens besteht zwischen uns dieser Unterschied heute noch ähnlich.

Dem entsprach weiter Deine geistige Oberherrschaft. Du hattest Dich allein durch eigene Kraft so hoch hinaufgearbeitet, infolgedessen hattest Du unbeschränktes Vertrauen zu Deiner Meinung. Das war für mich als Kind nicht einmal so blendend wie später für den heranwachsenden jungen Menschen. In Deinem Lehnstuhl regiertest Du die Welt. Deine Meinung war richtig, jede andere war verrückt, überspannt, meschugge, nicht normal. Dabei war Dein Selbstvertrauen so groß, dass Du gar nicht konsequent sein musstest und doch nicht aufhörtest Recht zu haben. Es konnte auch vorkommen, dass Du in einer Sache gar keine Meinung hattest und infolgedessen alle Meinungen, die hinsichtlich der Sache überhaupt möglich waren, ohne Ausnahme falsch sein mussten. Du konntest z. B. auf die Tschechen schimpfen, dann auf die Deutschen, dann auf die Juden, und zwar nicht nur in Auswahl, sondern in jeder Hinsicht, und schließlich blieb niemand mehr übrig außer Dir. Du bekamst für mich das Rätselhafte, das alle Tyrannen haben, deren Recht auf ihrer Person, nicht auf dem Denken begründet ist. Wenigstens schien es mir so.

Nun behieltest Du ja mir gegenüber tatsächlich erstaunlich oft recht, im Gespräch war das selbstverständlich, denn zum Gespräch kam es kaum, aber auch in Wirklichkeit. Doch war auch das nichts besonders Unbegreifliches. Ich stand ja in allem meinem Denken unter Deinem schweren Druck, auch in dem Denken, das nicht mit dem Deinen übereinstimmte und besonders in diesem. Alle diese von Dir scheinbar unabhängigen Gedanken waren von Anfang an belastet mit Deinem absprechenden Urteil; bis zur vollständigen und dauernden Ausführung des Gedankens das zu ertragen, war fast unmöglich. Ich rede hier nicht von irgendwelchen hohen Gedanken, sondern von jedem kleinen Unternehmen der Kinderzeit. Man musste nur über irgendeine Sache glücklich sein, von ihr erfüllt sein, nach Hause kommen und es aussprechen und die Antwort war ein ironisches Seufzen, ein Kopfschütteln, ein Fingerklopfen auf den Tisch: „Hab auch schon etwas Schöneres gesehn“ oder „Mir gesagt, Deine Sorgen“ oder „ich hab keinen so geruhten Kopf“ oder „kein Ereignis!“ oder „Kauf Dir was dafür!“. Natürlich konnte man nicht für jede Kinderkleinigkeit Begeisterung von Dir verlangen, wenn Du in Sorge und Plage lebtest. Darum handelte es sich auch nicht. Es handelte sich vielmehr darum, dass Du solche Enttäuschungen dem Kinde immer und grundsätzlich bereiten musstest kraft Deines gegensätzlichen Wesens, weiter dass dieser Gegensatz durch Anhäufung des Materials sich unaufhörlich verstärkte, so dass er sich schließlich auch gewohnheitsmäßig gab geltend machte, wenn Du einmal der gleichen Meinung warst wie ich und dass endlich diese Enttäuschungen des Kindes nicht Enttäuschungen des gewöhnlichen Lebens waren, sondern, da es ja um Deine für alles maßgebende Person ging, im Kern trafen. Der Mut, die Entschlossenheit, die Zuversicht, die Freude an dem und jenem hielten nicht bis zum Ende aus, wenn Du dagegen warst oder schon wenn Deine Gegnerschaft bloß angenommen werden konnte; und angenommen konnte sie wohl bei fast allem werden, was ich tat.

Das bezog sich auf Gedanken so gut wie auf Menschen. Es genügte, dass ich an einem Menschen ein wenig Interesse hatte – es geschah ja infolge meines Wesens nicht sehr oft – dass Du schon ohne jede Rücksicht auf mein Gefühl und ohne Achtung vor meinem Urteil mit Beschimpfung, Verleumdung, Entwürdigung dreinfuhrst. Unschuldige, kindliche Menschen wie z. B. der jiddische Schauspieler Löwy mussten das büßen. Ohne ihn zu kennen, verglichst Du ihn in einer schrecklichen Weise, die ich schon vergessen habe, mit Ungeziefer, und wie so oft für Leute, die mir lieb waren, hattest Du automatisch das Sprichwort von den Hunden und Flöhen bei der Hand. An den Schauspieler erinnere ich mich hier besonders, weil ich Deine Aussprüche über ihn damals mir mit der Bemerkung notierte: „So spricht mein Vater über meinen Freund (den er gar nicht kennt) nur deshalb, weil er mein Freund ist. Das werde ich ihm immer entgegenhalten können, wenn er mir Mangel an kindlicher Liebe und Dankbarkeit vorwerfen wird.“ Unverständlich war mir immer Deine vollständige Empfindungslosigkeit dafür, was für Leid und Schande Du mit Deinen Worten und Urteilen mir zufügen konntest, es war, als hättest Du keine Ahnung von Deiner Macht. Auch ich habe Dich sicher oft mit Worten gekränkt, aber dann wusste ich es immer, es schmerzte mich, aber ich konnte mich nicht beherrschen, das Wort nicht zurückhalten, ich bereute es schon, während ich es sagte. Du aber schlugst mit Deinen Worten ohne weiteres los, niemand tat Dir leid, nicht währenddessen, nicht nachher, man war gegen Dich vollständig wehrlos.

Aber so war Deine ganze Erziehung. Du hast, glaube ich, ein Erziehungstalent; einem Menschen Deiner Art hättest Du durch Erziehung gewiss nützen können; er hätte die Vernünftigkeit dessen, was Du ihm sagtest, eingesehen, sich um nichts weiteres gekümmert und die Sachen ruhig so ausgeführt. Für mich als Kind war alles, was Du mir zuriefst, geradezu Himmelsgebot, ich vergaß es nie, es blieb mir das wichtigste Mittel zur Beurteilung der Welt, vor allem zur Beurteilung Deiner selbst, und da versagtest Du vollständig. Da ich als Kind hauptsächlich beim Essen mit Dir beisammen war, war Dein Unterricht zum großen Teil Unterricht im richtigen Benehmen bei Tisch. Was auf den Tisch kam, musste aufgegessen, über die Güte des Essens durfte nicht gesprochen werden – Du aber fandest das Essen oft ungenießbar nanntest es „das Fressen", das „Vieh" (die Köchin) hatte es verdorben. Weil Du entsprechend Deinem kräftigen Hunger und Deiner besonderen Vorliebe alles schnell, heiß und in großen Bissen gegessen hast, musste sich das Kind beeilen, düstere Stille war bei Tisch, unterbrochen von Ermahnungen: „zuerst iss, dann sprich" oder „schneller, schneller, schneller" oder „siehst Du, ich habe schon längst aufgegessen". Knochen durfte man nicht zerbeißen, Du ja. Essig durfte man nicht schlürfen, Du ja. Die Hauptsache war, dass man das Brot gerade schnitt; dass Du das aber mit einem von Sauce triefenden Messer tatest, war gleichgültig. Man musste achtgeben, dass keine Speisereste auf den Boden fielen, unter Dir lag schließlich am meisten. Bei Tisch durfte man sich nur mit Essen beschäftigen, Du aber putztest und schnittest Dir die Nägel, spitztest Bleistifte, reinigtest mit dem Zahnstocher die Ohren. Bitte, Vater, verstehe mich recht, das wären an sich vollständig unbedeutende Einzelheiten gewesen, niederdrückend wurden sie für mich erst dadurch, dass Du, der für mich so ungeheuer maßgebende Mensch, Dich selbst an die Gebote nicht hieltest, die Du mir auflegtest. Dadurch wurde die Welt für mich in drei Teile geteilt, in einen, wo ich, der Sklave, lebte, unter Gesetzen, die nur für mich erfunden waren und denen ich überdies, ich wusste nicht warum, niemals völlig entsprechen konnte, dann in eine zweite Welt, die unendlich von meiner entfernt war, in der Du lebtest, beschäftigt mit der Regierung, mit dem Ausgeben der Befehle und mit dem Ärger wegen deren Nichtbefolgung, und schließlich in eine dritte Welt, wo die übrigen Leute glücklich und frei von Befehlen und Gehorchen lebten. Ich war immerfort in Schande, entweder befolgte ich Deine Befehle, das war Schande, denn sie galten ja nur für mich; oder ich war trotzig, das war auch Schande, denn wie durfte ich Dir gegenüber trotzig sein, oder ich konnte nicht folgen, weil ich z. B. nicht Deine Kraft, nicht Deinen Appetit, nicht Deine Geschicklichkeit hatte, trotzdem Du es als etwas Selbstverständliches von mir verlangtest; das war allerdings die größte Schande. In dieser Weise bewegten sich nicht die Überlegungen, aber das Gefühl des Kindes.

Meine damalige Lage wird vielleicht deutlicher, wenn ich sie mit der von Felix vergleiche. Auch ihn behandelst Du ja ähnlich, ja wendest sogar ein besonders fürchterliches Erziehungsmittel gegen ihn an, indem Du, wenn er beim Essen etwas Deiner Meinung nach Unreines macht, Dich nicht damit begnügst, wie damals zu mir zu sagen: „Du bist ein großes Schwein", sondern noch hinzufügst: „ein echter Hermann" oder „genau, wie Dein Vater". Nun schadet das aber vielleicht – mehr als „vielleicht" kann man nicht sagen – dem Felix wirklich nicht wesentlich, denn für ihn bist Du eben nur ein allerdings besonders bedeutender Großvater, aber doch nicht alles, wie Du es für mich gewesen bist, außerdem ist Felix ein ruhiger, schon jetzt gewissermaßen männlicher Charakter, der sich durch eine Donnerstimme vielleicht verblüffen, aber nicht für die Dauer bestimmen lässt, vor allem aber ist er doch nur verhältnismäßig selten mit Dir beisammen, steht ja auch unter anderen Einflüssen, Du bist ihm mehr etwas liebes Kurioses, aus dem er auswählen kann, was er sich nehmen will. Mir warst Du nichts Kurioses, ich konnte nicht auswählen, ich musste alles nehmen.

Und zwar ohne etwas dagegen vorbringen zu können, denn es ist Dir von vornherein nicht möglich ruhig über eine Sache zu sprechen, mit der Du nicht einverstanden bist oder die bloß nicht von Dir ausgeht; Dein herrisches Temperament lässt das nicht zu. In den letzten Jahren erklärst Du das durch Deine Herznervosität, ich wüsste nicht, dass Du jemals wesentlich anders gewesen bist höchstens ist Dir die Herznervosität ein Mittel zur strengeren Ausübung der Herrschaft, da der Gedanke daran die letzte Widerrede im anderen ersticken muss. Das ist natürlich kein Vorwurf, nur Feststellung einer Tatsache. „Man kann ja mit ihr gar nicht sprechen, sie springt einem gleich ins Gesicht“ pflegst Du zu sagen, aber in Wirklichkeit springt sie ursprünglich gar nicht; Du verwechselst die Sache mit der Person; die Sache springt Dir ins Gesicht und Du entscheidest sie sofort ohne Anhören der Person; was nachher noch vorgebracht wird, kann Dich nur weiter reizen, niemals überzeugen. Dann hört man von Dir nur noch: „Mach, was Du willst; von mir aus bist Du frei; Du bist großjährig; ich habe Dir keine Ratschläge zu geben“ und alles das mit dem fürchterlichen heiseren Unterton des Zornes und der vollständigen Verurteilung, vor dem ich heute nur deshalb weniger zittere als in der Kinderzeit, weil das ausschließliche Schuldgefühl des Kindes zum Teil ersetzt ist durch den Einblick in unser beider Hilflosigkeit.

Die Unmöglichkeit des ruhigen Verkehrs hatte noch eine

weitere eigentlich sehr natürliche Folge: ich verlernte das Reden. Ich wäre ja wohl auch sonst kein großer Redner geworden, aber die gewöhnlich fließende menschliche Sprache hätte ich doch beherrscht. Du hast mir aber schon früh das Wort verboten. Deine Drohung: „kein Wort der Widerrede!" und die dazu erhobene Hand begleiten mich schon seit jeher. Ich bekam vor Dir – Du bist, sobald es um Deine Dinge geht, ein ausgezeichneter Redner – eine stockende, stotternde Art des Sprechens, auch das war Dir noch zu viel, schließlich schwieg ich, zuerst vielleicht aus Trotz, dann weil ich vor Dir weder denken, noch reden konnte. Und weil Du mein eigentlicher Erzieher warst, wirkte das überall in meinem Leben nach. Es ist überhaupt ein merkwürdiger Irrtum, wenn Du glaubst, ich hätte mich Dir nie gefügt. „Immer alles contra" ist wirklich nicht mein Lebensgrundsatz Dir gegenüber gewesen, wie Du glaubst und mir vorwirfst. Im Gegenteil: hätte ich Dir weniger gefolgt, Du wärest sicher viel zufriedener mit mir. Vielmehr haben alle Deine Erziehungsmaßnahmen genau getroffen; keinem Griff bin ich ausgewichen; so wie ich bin, bin ich (von den Grundlagen und der Einwirkung des Lebens natürlich abgesehen) das Ergebnis Deiner Erziehung und meiner Folgsamkeit. Dass dieses Ergebnis Dir trotzdem peinlich ist, ja dass Du Dich unbewusst weigerst, es als Dein Erziehungsergebnis anzuerkennen, liegt eben daran, dass Deine Hand und mein Material einander so fremd gewesen sind. Du sagtest: „Kein Wort der Widerrede!" und wolltest damit die Dir unangenehmen Gegenkräfte in mir zum Schweigen bringen, diese Einwirkung war aber für mich zu stark, ich war zu folgsam, ich verstummte gänzlich, verkroch mich vor Dir, und wagte mich erst zu regen, wenn ich so weit von Dir entfernt war, dass Deine Macht, wenigstens direkt, nicht mehr hinreichte. Du aber standst davor, und alles schien Dir wieder „contra" zu sein, während es nur selbstverständliche Folge Deiner Stärke und meiner Schwäche war.

Deine äußerst wirkungsvollen, wenigstens mir gegenüber niemals versagenden rednerischen Mittel bei der Erziehung waren: Schimpfen, Drohen, Ironie, böses Lachen und – merkwürdiger Weise – Selbstbeklagung.

Dass Du mich direkt und mit ausdrücklichen Schimpfwörtern beschimpft hättest, kann ich mich nicht erinnern. Es war auch nicht nötig, Du hattest so viele andere Mittel, auch flogen im Gespräch zuhause und besonders im Geschäft die Schimpfwörter rings um mich in solchen Mengen auf andere nieder, dass ich als kleiner Junge manchmal davon fast betäubt war und keinen Grund hatte, sie nicht auch auf mich zu beziehn, denn die Leute, die Du beschimpftest, waren gewiss nicht schlechter als ich und Du warst gewiss mit ihnen nicht unzufriedener als mit mir. Und auch hier war wieder Deine rätselhafte Unschuld und Unangreifbarkeit, Du schimpftest ohne Dir irgendwelche Bedenken deshalb zu machen, ja Du verurteiltest das Schimpfen bei anderen und verbotest es.

Das Schimpfen verstärktest Du mit Drohen und das galt nun auch schon mir. Schrecklich war mir z. B. dieses: „ich zerreiße Dich wie einen Fisch", trotzdem ich ja wusste, dass dem nichts Schlimmeres nachfolgte (als kleines Kind wusste ich das allerdings nicht) aber es entsprach fast meinen Vorstellungen von Deiner Macht, dass Du auch das imstande gewesen wärest. Schrecklich war es auch, wenn Du schreiend um den Tisch herumliefst, um einen zu fassen, offenbar gar nicht fassen wolltest, aber doch so tatest und die Mutter einen schließlich scheinbar rettete. Wieder hatte man einmal, so schien es dem Kind, das Leben durch Deine Gnade behalten und trug es als Dein unverdientes Geschenk weiter. Hierher gehören auch die Drohungen wegen der Folgen des Ungehorsams. Wenn ich etwas zu tun anfing, was Dir nicht gefiel und Du drohtest mir mit dem Misserfolg, so war die Ehrfurcht vor Deiner Meinung so groß, dass damit der Misserfolg, wenn auch vielleicht erst für eine spätere Zeit, unaufhaltsam war. Ich verlor das Vertrauen zu eigenem Tun. Ich war unbeständig, zweifelhaft. Je älter ich wurde, desto größer war das Material, das Du mir zum Beweis meiner Wertlosigkeit entgegenhalten konntest, allmählich bekamst Du in gewisser Hinsicht wirklich Recht. Wieder hüte ich mich zu behaupten, dass ich nur durch Dich so wurde; Du verstärktest nur, was war, aber Du verstärktest es sehr, weil Du eben mir gegenüber sehr mächtig warst und alle Macht dazu verwendetest.

Ein besonderes Vertrauen hattest Du zur Erziehung durch Ironie, sie entsprach auch am besten Deiner Überlegenheit über mich. Eine Ermahnung hatte bei Dir gewöhnlich diese Form: „Kannst Du das nicht so und so machen? Das ist Dir wohl schon zu viel? Dazu hast Du natürlich keine Zeit?“ und ähnlich. Dabei jede solche Frage begleitet von bösem Lachen und bösem Gesicht. Man wurde gewissermaßen schon bestraft, ehe man noch wusste, dass man etwas Schlechtes getan hatte. Aufreizend waren auch jene Zurechtweisungen, wo man als dritte Person behandelt, also nicht einmal des bösen Ansprechens gewürdigt wurde; wo Du also etwa formell zur Mutter sprachst, aber eigentlich zu mir, der dabei saß z. B. „Das kann man vom Herrn Sohn natürlich nicht haben“ und dgl. (Das bekam dann sein Gegenspiel darin, dass ich z. B. nicht wagte und später aus Gewohnheit gar nicht mehr daran dachte, Dich direkt zu fragen, wenn die Mutter dabei war. Es war dem Kind viel ungefährlicher, die neben Dir sitzende Mutter über Dich auszufragen, man fragte dann die Mutter: „Wie geht es dem Vater?“ und sicherte sich so vor Überraschungen.) Es gab natürlich auch Fälle, wo man mit der ärgsten Ironie sehr einverstanden war, nämlich wenn sie einen anderen betraf z. B. die Elli, mit der ich jahrelang böse war. Es war für mich ein Fest der Bosheit und Schadenfreude, wenn es von ihr fast bei jedem Essen etwa hieß: „Zehn Meter weit vom Tisch muss sie sitzen, die breite Mad“ und wenn Du dann böse auf Deinem Sessel, ohne die leiseste

Spur von Freundlichkeit oder Laune, sondern als erbitterter Feind übertrieben ihr nachzumachen suchtest, wie äußerst widerlich für Deinen Geschmack sie da saß. Wie oft hat sich das und ähnliches wiederholen müssen, wie wenig hast Du im Tatsächlichen dadurch erreicht. Ich glaube, es lag daran, dass der Aufwand von Zorn und Bösesein zur Sache selbst in keinem richtigen Verhältnis zu sein schien, man hatte nicht das Gefühl, dass der Zorn durch diese Kleinigkeit des Weit-vom-Tische-sitzens erzeugt sei, sondern dass er in seiner ganzen Größe von vornherein vorhanden war und nur zufällig gerade diese Sache als Anlass zum Losbrechen genommen habe. Da man überzeugt war, dass sich ein Anlass jedenfalls finden würde, nahm man sich nicht besonders zusammen, auch stumpfte man unter der fortwährenden Drohung ab; dass man nicht geprügelt wurde, dessen war man ja allmählich fast sicher. Man wurde ein mürrisches, unaufmerksames, ungehorsames Kind, immer auf eine Flucht, meist eine innere bedacht. So littest Du, so litten wir. Du hattest von Deinem Standpunkt ganz recht, wenn Du mit zusammengebissenen Zähnen und dem gurgelnden Lachen, welches dem Kind zum erstenmal höllische Vorstellungen vermittelt hatte, bitter zu sagen pflegtest (wie erst letzthin wegen eines Konstantinopler Briefes): „Das ist eine Gesellschaft!"

Ganz unverträglich mit dieser Stellung zu Deinen Kindern schien es zu sein, wenn Du, was ja sehr oft geschah, öffentlich Dich beklagtest. Ich gestehe, dass ich als Kind (später wohl) dafür gar kein Gefühl hatte und nicht verstand, wie Du überhaupt erwarten konntest, Mitgefühl zu finden. Du warst so riesenhaft in jeder Hinsicht was konnte Dir an unserem Mitleid liegen oder gar an unserer Hilfe. Die musstest Du doch eigentlich verachten, wie uns selbst so oft. Ich glaubte daher den Klagen nicht und suchte irgendeine geheime Absicht hinter ihnen. Erst später begriff ich, dass Du wirklich durch die Kinder sehr littest, damals aber, wo die Klagen noch unter anderen Umständen einen kindlichen, offenen, bedenkenlosen, zu jeder Hilfe bereiten Sinn hätten antreffen können, mussten sie mir wieder nur überdeutliche Erziehungs- und Demütigungsmittel sein, als solche an sich nicht sehr stark, aber mit der schädlichen Nebenwirkung, dass das Kind sich gewöhnte, gerade Dinge nicht sehr ernst zu nehmen, die es ernst hätte nehmen sollen.

Es gab glücklicher Weise davon allerdings auch Ausnahmen meistens wenn Du schweigend littest und Liebe und Güte mit ihrer Kraft alles Entgegenstehende überwand und unmittelbar ergriff. Selten war das allerdings, aber es war wunderbar. Etwa wenn ich Dich früher in heißen Sommern mittags nach dem Essen im Geschäft müde ein wenig schlafen sah, den Ellbogen auf dem Pult, oder wenn Du Sonntags abgehetzt zu uns in die Sommerfrische kamst; oder wenn Du bei einer schweren Krankheit der Mutter zitternd vom Weinen Dich am Bücherkasten festhieltest; oder wenn Du während meiner letzten Krankheit leise zu mir in Ottlas Zimmer kamst, auf der Schwelle bliebst, nur den Hals strecktest, um mich im Bett zu sehn, und aus Rücksicht nur mit der Hand grüßtest. Zu solchen Zeiten legte man sich hin und weinte vor Glück und weint jetzt wieder, während man es schreibt.

Du hast auch eine besonders schöne, sehr selten zu sehende Art eines stillen, zufriedenen, gutheißenden Lächelns, das den, dem es gilt, ganz glücklich machen kann. Ich kann mich nicht erinnern, dass es in meiner Kindheit ausdrücklich mir zuteil geworden wäre, aber es dürfte wohl geschehen sein, denn warum solltest Du es mir damals verweigert haben, da ich Dir noch unschuldig schien und Deine große Hoffnung war. Übrigens haben auch solche freundliche Eindrücke auf die Dauer nichts anderes erzielt, als mein Schuldbewusstsein vergrößert und die Welt mir noch unverständlicher gemacht.

Lieber hielt ich mich ans Tatsächliche und Fortwährende. Um mich Dir gegenüber nur ein wenig zu behaupten, zum

Teil auch aus einer Art Rache fing ich bald an kleine Lächerlichkeiten, die ich an Dir bemerkte, zu beobachten, zu sammeln, zu übertreiben. Wie Du z. B. leicht Dich von meist nur scheinbar höher stehenden Personen blenden ließest und davon immerfort erzählen konntest, etwa von irgendeinem kais. Rat oder dgl. (andererseits tat mir etwas derartiges auch weh, dass Du, mein Vater, solche nichtige Bestätigungen Deines Wertes zu brauchen glaubtest und mit ihnen groß tatest). Oder ich beobachtete Deine Vorliebe für unanständige, möglichst laut herausgebrachte Redensarten, über die Du lachtest, als hättest Du etwas besonders Vortreffliches gesagt, während es eben nur eine platte, kleine Unanständigkeit war (gleichzeitig war es allerdings auch wieder eine mich beschämende Äußerung Deiner Lebenskraft). Solcher verschiedener Beobachtungen gab es natürlich eine Menge; ich war glücklich über sie, es gab für mich Anlass zu Getuschel und Spaß, Du bemerktest es manchmal, ärgertest Dich darüber, hieltest es für Bosheit, Respektlosigkeit, aber glaube mir, es war nichts anderes für mich, als ein übrigens untaugliches Mittel zur Selbsterhaltung, es waren Scherze, wie man sie über Götter und Könige verbreitet, Scherze, die mit dem tiefsten Respekt nicht nur sich verbinden lassen, sondern sogar zu ihm gehören.

Auch Du hast übrigens, entsprechend Deiner ähnlichen Lage mir gegenüber, eine Art Gegenwehr versucht. Du pflegtest darauf hinzuweisen, wie übertrieben gut es mir ging und wie gut ich eigentlich behandelt worden bin. Das ist richtig, ich glaube aber nicht, dass es mir unter den einmal vorhandenen Umständen im wesentlichen genützt hat.

Es ist wahr, dass die Mutter grenzenlos gut zu mir war, aber alles das stand für mich in Beziehung zu Dir, also in keiner guten Beziehung. Die Mutter hatte unbewusst die Rolle eines Treibers in der Jagd. Wenn schon Deine Erziehung in irgendeinem unwahrscheinlichen Fall mich durch Erzeugung von Trotz, Abneigung oder gar Hass auf eigene Füße hätte stellen können, so glich das die Mutter durch Gut-sein, durch vernünftige Rede (sie war im Wirrwarr der Kindheit das Urbild der Vernunft), durch Fürbitte wieder aus und ich war wieder in Deinen Kreis zurückgetrieben, aus dem ich sonst vielleicht, Dir und mir zum Vorteil ausgebrochen wäre. Oder es war so, dass es zu keiner eigentlichen Versöhnung kam, dass die Mutter mich vor Dir bloß im Geheimen schützte, mir im Geheimen etwas gab, etwas erlaubte, dann war ich wieder vor Dir das lichtscheue Wesen, der Betrüger, der Schuldbewusste, der wegen seiner Nichtigkeit selbst zu dem, was er für sein Recht hielt, nur auf Schleichwegen kommen konnte. Natürlich gewöhnte ich mich dann auf diesen Wegen auch das zu suchen, worauf ich, selbst meiner Meinung nach kein Recht hatte. Das war wieder Vergrößerung des Schuldbewusstseins.

Es ist auch wahr, dass Du mich kaum einmal wirklich geschlagen hast. Aber das Schreien, das Rotwerden Deines Gesichts, das eilige Losmachen der Hosenträger, ihr Bereitliegen auf der Stuhllehne, war für mich fast ärger. Es ist, wie wenn einer gehenkt werden soll. Wird er wirklich gehenkt, dann ist er tot und es ist alles vorüber. Wenn er aber alle Vorbereitungen zum Gehenkt werden miterleben muss und erst wenn ihm die Schlinge vor dem Gesicht hängt, von seiner Begnadigung erfährt, so kann er sein Leben lang daran zu leiden haben. Überdies sammelte sich aus diesen vielen Malen, wo ich Deiner deutlich gezeigten Meinung nach Prügel verdient hätte, ihnen aber aus Deiner Gnade noch knapp entgangen war, wieder nur ein großes Schuldbewusstsein an. Von allen Seiten her kam ich in Deine Schuld.

Seit jeher machtest Du mir zum Vorwurf (und zwar mir allein oder vor andern; für das Demütigende des Letzteren hattest Du kein Gefühl, die Angelegenheiten Deiner Kinder waren immer öffentliche), dass ich dank Deiner Arbeit ohne alle Entbehrungen in Ruhe, Wärme, Fülle lebte. Ich denke da an Bemerkungen, die in meinem Gehirn förmlich Furchen gezogen haben müssen, wie: „Schon mit 7 Jahren musste ich mit dem Karren durch die Dörfer fahren“ „Wir mussten alle in einer Stube schlafen“ „Wir waren glücklich, wenn wir Erdäpfel hatten“ „Jahrelang hatte ich wegen ungenügender Winterkleidung offene Wunden an den Beinen“ „Als kleiner Junge musste ich schon nach Pisek ins Geschäft“ „Von zuhause bekam ich gar nichts, nicht einmal beim Militär, ich schickte noch Geld nachhause“ „Aber trotzdem, trotzdem – der Vater war mir immer der Vater. Wer weiß das heute! Was wissen die Kinder! Das hat niemand gelitten! Versteht das heute ein Kind?“ Solche Erzählungen hätten unter andern Verhältnissen ein ausgezeichnetes Erziehungsmittel sein können, sie hätten zum Überstehen der gleichen Plagen und Entbehrungen, die der Vater durchgemacht hatte, aufmuntern und kräftigen können. Aber das wolltest Du doch gar nicht, die Lage war ja eben durch das Ergebnis Deiner Mühe eine andere geworden, Gelegenheit sich in der Weise auszuzeichnen, wie Du es getan hattest, gab es nicht. Eine solche Gelegenheit hätte man erst durch Gewalt und Umsturz schaffen müssen, man hätte von zuhause ausbrechen müssen (vorausgesetzt dass man die Entschlussfähigkeit und Kraft dazu gehabt hätte und die Mutter nicht ihrerseits mit anderen Mitteln dagegen gearbeitet hätte.) Aber das alles wolltest Du doch gar nicht, das bezeichnetest Du als Undankbarkeit, Überspanntheit, Ungehorsam, Verrat, Verrücktheit. Während Du also von einer Seite durch Beispiel, Erzählung und Beschämung dazu locktest, verbotest! Du es auf der anderen Seite allerstrengstens. Sonst hättest Du z. B., von den Nebenumständen abgesehen, von Ottlas Zürauer Abenteuer eigentlich entzückt sein müssen. Sie wollte auf das Land, von dem Du gekommen warst, sie wollte Arbeit und Entbehrungen haben, wie Du sie gehabt hattest, sie wollte nicht Deine Arbeitserfolge genießen, wie auch Du von Deinem Vater unabhängig gewesen bist. Waren das so schreckliche Absichten? So fern Deinem Beispiel und Deiner Lehre? Gut, die Absichten Ottlas misslangen schließlich im Ergebnis, wurden vielleicht etwas lächerlich, mit zuviel Lärm ausgeführt, sie nahm nicht genug Rücksicht auf ihre Eltern. War das aber ausschließlich ihre Schuld, nicht auch die Schuld der Verhältnisse und vor allem dessen, dass Du ihr so entfremdet warst? War sie Dir etwa (wie Du Dir später selbst einreden wolltest) im Geschäft weniger entfremdet, als nachher in Zürau? Und hättest Du nicht ganz gewiss die Macht gehabt (vorausgesetzt, dass Du Dich dazu hättest überwinden können) durch Aufmunterung, Rat und Aufsicht, vielleicht sogar nur durch Duldung aus diesem Abenteuer etwas sehr Gutes zu machen?

Anschließend an solche Erfahrungen pflegtest Du in bitterem Scherz zu sagen, dass es uns zu gut ging. Aber dieser Scherz ist in gewissem Sinn keiner. Das was Du Dir erkämpfen musstest, bekamen wir aus Deiner Hand, aber den Kampf um das äußere Leben, der Dir sofort zugänglich war und der natürlich auch uns nicht erspart bleibt, den müssen wir uns erst spät, mit Kinderkraft im Mannesalter erkämpfen. Ich sage nicht, dass unsere Lage deshalb unbedingt ungünstiger ist als es Deine war, sie ist jener vielmehr wahrscheinlich gleichwertig (wobei allerdings die Grundanlagen nicht verglichen sind) nur darin sind wir im Nachteil, dass wir mit unserer Not uns nicht rühmen und niemanden mit ihr demütigen können, wie Du es mit Deiner Not getan hast: Ich leugne auch nicht, dass es möglich gewesen wäre, dass ich die Früchte Deiner großen und erfolgreichen Arbeit wirklich richtig hätte genießen, verwerten und mit ihnen zu Deiner Freude hätte weiterarbeiten können, dem aber stand eben unsere Entfremdung entgegen. Ich konnte, was Du gabst, genießen, aber nur in Beschämung, Müdigkeit, Schwäche,

Schuldbewusstsein. Deshalb konnte ich Dir für alles nur bettlerhaft dankbar sein, durch die Tat nicht.

Das nächste äußere Ergebnis dieser ganzen Erziehung war, dass ich alles floh, was nur von der Ferne an Dich erinnerte. Zuerst das Geschäft. An und für sich besonders in der Kinderzeit, solange es ein Gassengeschäft war, hätte es mich sehr freuen müssen, es war so lebendig, abends beleuchtet, man sah, man hörte viel, konnte hie und da helfen, sich auszeichnen, vor allem aber Dich bewundern in Deinen großartigen kaufmännischen Talenten, wie Du verkauftest, Leute behandeltest, Späße machtest, unermüdlich warst, in Zweifelsfällen sofort die Entscheidung wusstest u.s.w. noch wie Du einpacktest oder eine Kiste aufmachtest, war ein sehenswertes Schauspiel und das ganze alles in allem gewiss nicht die schlechteste Kinderschule. Aber da Du allmählich von allen Seiten mich erschrecktest und Geschäft und Du sich mir deckten, war mir auch das Geschäft nicht mehr behaglich. Dinge, die mir dort zuerst selbstverständlich gewesen waren, quälten, beschämten mich, besonders Deine Behandlung des Personals. Ich weiß nicht, vielleicht ist sie in den meisten Geschäften so gewesen (in der Assecurazioni Generali z. B. war sie zu meiner Zeit wirklich ähnlich, ich erklärte dort dem Direktor, nicht ganz wahrheitsgemäß, aber auch nicht ganz erlogen meine Kündigung damit, dass ich das Schimpfen, das übrigens mich direkt gar nicht betroffen hatte, nicht ertragen könne; ich war darin zu schmerzhaft empfindlich schon von Hause her) aber die anderen Geschäfte kümmerten mich in der Kinderzeit nicht. Dich aber hörte und sah ich im Geschäft schreien, schimpfen und wüten, wie es meiner damaligen Meinung nach in der ganzen Welt nicht wieder vorkam. Und nicht nur Schimpfen, auch sonstige Tyrannei. Wie Du z. B. Waren, die Du mit anderen nicht verwechselt haben wolltest, mit einem Ruck vom Pult hinunterwarfst – nur die Besinnungslosigkeit Deines Zorns entschuldigte Dich ein wenig – und der Kommis sie aufheben musste. Oder Deine ständige Redensart hinsichtlich eines lungenkranken Kommis: „Er soll krepieren, der kranke Hund!“ Du nanntest die Angestellten „bezahlte Feinde“, das waren sie auch, aber noch ehe sie es geworden waren, schienst Du mir ihr „zahlender Feind“ zu sein. Dort bekam ich auch die große Lehre, dass Du ungerecht sein konntest; an mir selbst hätte ich es nicht so bald bemerkt, da hatte sich ja zuviel Schuldgefühl angesammelt, das Dir recht gab; aber dort waren nach meiner, später natürlich ein wenig, aber nicht allzusehr korrigierten Kindermeinung fremde Leute, die doch für uns arbeiteten und dafür in fortwährender Angst vor Dir leben mussten. Natürlich übertrieb ich da und zwar deshalb weil ich ohne weiteres annahm, Du wirktest auf die Leute ebenso schrecklich wie auf mich. Wenn das so gewesen wäre, hätten sie wirklich nicht leben können; da sie aber erwachsene Leute mit meist ausgezeichneten Nerven waren, schüttelten sie das Schimpfen ohne Mühe von sich ab und es schadete Dir schließlich viel mehr als ihnen. Mir aber machte es das Geschäft unleidlich, es erinnerte mich allzusehr an mein Verhältnis zu Dir: Du warst ganz abgesehen vom Unternehmerinteresse und abgesehen von Deiner Herrschsucht schon als Geschäftsmann allen, die jemals bei Dir gelernt haben, so sehr überlegen, dass Dich keine ihrer Leistungen befriedigen konnte, ähnlich ewig unbefriedigt musstest Du auch von mir sein. Deshalb gehörte ich notwendig zur Partei des Personals, übrigens auch deshalb, weil ich schon aus Ängstlichkeit nicht begriff, wie man einen Fremden so beschimpfen konnte und darum aus Ängstlichkeit das meiner Meinung nach fürchterlich aufgebrachte Personal irgendwie mit Dir, mit unserer Familie schon um meiner eigenen Sicherheit willen aussöhnen wollte. Dazu genügte nicht mehr gewöhnliches, anständiges Benehmen gegenüber dem Personal, nicht einmal mehr bescheidenes Benehmen, vielmehr musste ich demütig sein, nicht nur zuerst grüßen, sondern womöglich auch noch den Gegengruß abwehren. Und hätte ich, die unbedeutende Person, ihnen unten die Füße geleckt, es wäre noch immer kein Ausgleich dafür gewesen, wie Du, der Herr, oben auf sie loshacktest. Dieses Verhältnis, in das ich hier zu Mitmenschen trat, wirkte über das Geschäft hinaus und in die Zukunft weiter (etwas ähnliches aber nicht so gefährlich und tiefgreifend wie bei mir, ist z.B. auch Ottlas Vorliebe für den Verkehr mit armen Leuten, das Dich so ärgernde Zusammensitzen mit den Dienstmädchen u. dgl.). Schließlich fürchtete ich mich fast vor dem Geschäft und jedenfalls war es schon längst nicht mehr meine Sache, ehe ich noch ins Gymnasium kam und dadurch noch weiter davon fortgeführt wurde. Auch schien es mir für meine Fähigkeiten ganz unerschwinglich, da es, wie Du sagtest, selbst die Deinigen verbrauchte. Du suchtest dann (für mich ist das heute rührend und beschämend) aus meiner Dich doch sehr schmerzenden Abneigung gegen das Geschäft, gegen Dein Werk doch noch ein wenig Süßigkeit für Dich zu ziehen, indem Du behauptetest, mir fehle der Geschäftssinn, ich habe höhere Ideen im Kopf u. dgl. Die Mutter freute sich natürlich über diese Erklärung, die Du Dir abzwangst, und auch ich in meiner Eitelkeit und Not ließ mich davon beeinflussen. Wären es aber wirklich nur oder hauptsächlich die „höheren Ideen“ gewesen, die mich vom Geschäft (das ich jetzt, aber erst jetzt, ehrlich und tatsächlich hasse) abbrachten, sie hätten sich anders äußern müssen, als dass sie mich ruhig und ängstlich durchs Gymnasium und durch das Jusstudium schwimmen ließen, bis ich beim Beamtenschreibtisch endgültig landete.

Wollte ich vor Dir fliehn, musste ich auch vor der Familie fliehn, selbst vor der Mutter. Man konnte bei ihr zwar immer Schutz finden, doch nur in Beziehung zu Dir. Zu sehr liebte sie Dich und war Dir zu sehr treu ergeben, als dass sie in dem Kampf des Kindes eine selbständige geistige Macht für die

Dauer hätte sein können. Ein richtiger Instinkt des Kindes übrigens, denn die Mutter wurde Dir mit den Jahren immer noch enger verbunden; während sie immer, was sie selbst betraf, ihre Selbständigkeit in kleinsten Grenzen schön und zart und ohne Dich jemals wesentlich zu kränken bewahrte, nahm sie doch mit den Jahren immer vollständiger, mehr im Gefühl als im Verstand, Deine Urteile und Verurteilungen hinsichtlich der Kinder blindlings über, besonders in dem allerdings schweren Fall der Ottla. Freilich muss man immer im Gedächtnis behalten, wie quälend und bis zum letzten aufreibend die Stellung der Mutter in der Familie war. Sie hat sich im Geschäft, im Haushalt geplagt, alle Krankheiten der Familie doppelt mitgelitten, aber die Krönung alles dessen war das, was sie in ihrer Zwischenstellung zwischen uns und Dir gelitten hat. Du bist immer liebend und rücksichtsvoll zu ihr gewesen, aber in dieser Hinsicht hast Du sie ganz genau so wenig geschont, wie wir sie geschont haben. Rücksichtslos haben wir auf sie eingehämmert, Du von Deiner Seite, wir von unserer. Es war eine Ablenkung, man dachte an nichts Böses, man dachte nur an den Kampf, den Du mit uns, den wir mit Dir führten, und auf der Mutter tobten wir uns aus. Es war auch kein guter Beitrag zur Kindererziehung, wie Du sie – ohne jede Schuld Deinerseits natürlich – unseretwegen quältest. Es rechtfertigte sogar scheinbar unser sonst nicht zu rechtfertigendes Benehmen ihr gegenüber. Was hat sie von uns Deinetwegen und von Dir unseretwegen gelitten, ganz ungerechnet jene Fälle, wo Du recht hattest, weil sie uns verzog, wenn auch selbst dieses „Verziehn“ manchmal nur eine stille, unbewusste Gegendemonstration gegen Dein System gewesen sein mag. Natürlich hätte die Mutter das alles nicht ertragen können, wenn sie nicht aus der Liebe zu uns allen und aus dem Glück dieser Liebe die Kraft zum Ertragen genommen hätte.

Die Schwestern gingen nur zum Teil mit mir. Am glücklichsten in ihrer Stellung zu Dir war Valli. Am nächsten der Mutter stehend, fügte sie sich Dir auch ähnlich, ohne viel Mühe und Schaden. Du nahmst sie aber auch, eben in Erinnerung an die Mutter, freundlicher hin, trotzdem wenig Kafka'sches Material in ihr war. Aber vielleicht war Dir gerade das recht; wo nichts Kafka'sches war, konntest selbst Du nichts derartiges verlangen; Du hattest auch nicht, wie bei uns andern das Gefühl, dass hier etwas verloren ging, das mit Gewalt gerettet werden müsste. Übrigens magst Du das Kafka'sche, soweit es sich in Frauen geäußert hat, niemals besonders geliebt haben. Das Verhältnis Vallis zu Dir wäre sogar vielleicht noch freundlicher geworden, wenn wir anderen es nicht ein wenig gestört hätten. Die Elli ist das einzige Beispiel für das fast vollständige Gelingen eines Durchbruches aus Deinem Kreis. Von ihr hätte ich es in ihrer Kindheit am wenigsten erwartet. Sie war doch ein so schwerfälliges, müdes, furchtsames, verdrossenes, schuldbewusstes, überdemütiges, boshaftes, faules, genäschiges, geiziges Kind, ich konnte sie kaum ansehn, gar nicht ansprechen, so sehr erinnerte sie mich an mich selbst, so sehr ähnlich stand sie unter dem gleichen Bann der Erziehung. Besonders ihr Geiz war mir abscheulich, da ich ihn womöglich noch stärker hatte. Geiz ist ja eines der verlässlichsten Anzeichen tiefen Unglücklichseins; ich war so unsicher aller Dinge, dass ich tatsächlich nur das besaß, was ich schon in den Händen oder im Mund hielt oder was wenigstens auf dem Wege dorthin war und gerade das nahm sie, die in ähnlicher Lage war, mir am liebsten fort. Aber das alles änderte sich, als sie in jungen Jahren – das ist das wichtigste – von zuhause wegging, heiratete, Kinder bekam, sie wurde fröhlich, unbekümmert, mutig, freigebig, uneigennützig, hoffnungsvoll. Fast unglaublich ist es, wie Du eigentlich diese Veränderung gar nicht bemerkt und jedenfalls nicht nach Verdienst bewertet hast, so geblendet bist Du von dem Groll, den Du gegen Elli seit jeher hattest und im Grunde unverändert hast, nur dass dieser Groll jetzt viel weniger aktuell geworden ist, da Elli nicht mehr bei uns wohnt und außerdem Deine Liebe zu Felix und die Zuneigung zu Karl ihn unwichtiger gemacht haben. Nur Gerti muss ihn manchmal noch entgelten.

Von Ottla wage ich kaum zu schreiben, ich weiß, ich setze damit die ganze erhoffte Wirkung des Briefes aufs Spiel. Unter gewöhnlichen Umständen, also wenn sie nicht etwa in besondere Not oder Gefahr käme, hast Du für sie nur Hass; Du hast mir ja selbst zugestanden, dass sie Deiner Meinung nach mit Absicht Dir immerfort Leid und Ärger macht und während Du ihretwegen leidest, ist sie befriedigt und freut sich. Also eine Art Teufel. Was für eine ungeheure Entfremdung, noch größer als zwischen Dir und mir, muss zwischen Dir und ihr eingetreten sein, damit eine so ungeheure Verkennung möglich wird. Sie ist so weit von Dir, dass Du sie kaum mehr siehst, sondern ein Gespenst an die Stelle setzt, wo Du sie vermutest. Ich gebe zu, dass Du es mit ihr besonders schwer hattest. Ich durchschaue ja den sehr komplizierten Fall nicht ganz, aber jedenfalls war hier etwas wie eine Art Löwy, ausgestattet mit den besten Kafka'schen Waffen. Zwischen uns war es kein eigentlicher Kampf; ich war bald erledigt; was übrig blieb, war Flucht, Verbitterung, Trauer, innerer Kampf. Ihr zwei aber waret immer in Kampfstellung, immer frisch, immer bei Kräften. Ein ebenso großartiger wie trostloser Anblick. Zu allererst seid ihr Euch ja gewiss sehr nahe gewesen, denn noch heute ist von uns vier Ottla vielleicht die reinste Darstellung der Ehe zwischen Dir und der Mutter und der Kräfte, die sich da verbanden. Ich weiß nicht, was Euch um das Glück der Eintracht zwischen Vater und Kind gebracht hat, es liegt mir nur nahe zu glauben, dass die Entwicklung ähnlich war, wie bei mir. Auf Deiner Seite die Tyrannei Deines Wesens, auf ihrer Seite Löwy'scher Trotz, Empfindlichkeit, Gerechtigkeitsgefühl, Unruhe, und alles das gestützt durch das Bewusstsein Kafka'scher Kraft. Wohl habe auch ich sie beeinflusst, aber kaum aus eigenem Antrieb, sondern durch die bloße Tatsache meines Daseins. Übrigens kam sie doch als Letzte in schon fertige Machtverhältnisse hinein und konnte sich aus dem vielen bereitliegenden Material ihr Urteil selbst bilden. Ich kann mir sogar denken, dass sie in ihrem Wesen eine Zeitlang geschwankt hat, ob sie sich Dir an die Brust werfen soll oder den Gegnern, offenbar hast Du damals etwas versäumt und sie zurückgestoßen, Ihr wäret aber, wenn es eben möglich gewesen wäre, ein prachtvolles Paar an Eintracht geworden. Ich hätte dadurch zwar einen Verbündeten verloren, aber der Anblick von Euch beiden hätte mich reich entschädigt, auch wärest ja Du durch das unabsehbare Glück, wenigstens in einem Kind volle Befriedigung zu finden, sehr zu meinen Gunsten verwandelt worden. Das alles ist heute allerdings nur ein Traum. Ottla hat keine Verbindung mit dem Vater, muss ihren Weg allein suchen, wie ich, und um das Mehr an Zuversicht, Selbstvertrauen, Gesundheit, Bedenkenlosigkeit, das sie im Vergleich mit mir hat, ist sie in Deinen Augen böser und verräterischer als ich. Ich verstehe das; von Dir aus gesehen kann sie nicht anders sein. Ja sie selbst ist imstande, mit Deinen Augen sich anzusehn, Dein Leid mitzufühlen und darüber – nicht verzweifelt zu sein, Verzweiflung ist meine Sache – aber sehr traurig zu sein. Du siehst uns zwar, in scheinbarem Widerspruch hierzu, oft beisammen, wir flüstern lachen, hie und da hörst Du Dich erwähnen. Du hast den Eindruck von frechen Verschwörern. Merkwürdige Verschwörer. Du bist allerdings ein Hauptthema unserer Gespräche, wie unseres Denkens seit jeher, aber wahrhaftig nicht, um etwas gegen Dich auszudenken, sitzen wir beisammen, sondern um mit aller Anstrengung, mit Spaß, mit Ernst, mit Liebe, Trotz, Zorn, Widerwille, Ergebung, Schuldbewusstsein, mit allen Kräften des Kopfes und Herzens diesen schrecklichen Prozess, der zwischen uns und

Dir schwebt, in allen Einzelheiten, von allen Seiten, bei allen Anlässen, von fern und nah gemeinsam durchzusprechen, diesen Prozess, in dem Du immerfort Richter zu sein behauptest, während Du, wenigstens zum größten Teil (hier lasse ich die Tür allen Irrtümern offen, die mir natürlich begegnen können) ebenso schwache und verblendete Partei bist, wie wir. Ein im Zusammenhang des Ganzen lehrreiches Beispiel Deiner erzieherischen Wirkung war Irma. Einerseits war sie doch eine Fremde, kam schon erwachsen in Dein Geschäft, hatte mit Dir hauptsächlich als ihrem Chef zu tun, war also nur zum Teil und in einem schon widerstandsfähigen Alter Deinem Einfluss ausgesetzt; andererseits aber war sie doch auch eine Blutsverwandte, verehrte in Dir den Bruder ihres Vaters und Du hattest über sie viel mehr als die bloße Macht eines Chefs. Und trotzdem ist sie, die in ihrem schwachen Körper so tüchtig, klug, fleißig, bescheiden, vertrauenswürdig, uneigennützig, treu war, die Dich als Onkel liebte und als Chef bewunderte, die in andern Posten vorher und nachher sich bewährte – Dir keine sehr gute Beamtin gewesen. Sie war eben, natürlich auch von uns hingedrängt, Dir gegenüber nahe der Kinderstellung und so groß war noch ihr gegenüber die umbiegende Macht Deines Wesens, dass sich bei ihr (allerdings nur Dir gegenüber und, hoffentlich, ohne das tiefere Leid des Kindes) Vergesslichkeit, Nachlässigkeit, Galgenhumor, vielleicht sogar ein wenig Trotz, soweit sie dessen überhaupt fähig war, entwickelten, wobei ich gar nicht in Rechnung stelle, dass sie kränklich gewesen ist, auch sonst nicht sehr glücklich war und eine trostlose Häuslichkeit auf ihr lastete. Das für mich Beziehungsreiche Deines Verhältnisses zu ihr hast Du in einem für uns klassisch gewordenen, fast gotteslästerlichen, aber gerade für die Unschuld in Deiner Menschenbehandlung sehr beweisenden Satz zusammengefasst: „Die Gottselige hat mir viel Schweinerei hinterlassen."

Ich könnte noch weitere Kreise Deines Einflusses und des

Kampfes gegen ihn beschreiben, doch käme ich hier schon ins Unsichere und müsste konstruieren, außerdem wirst Du ja, je weiter Du von Geschäft und Familie Dich entfernst, seit jeher desto freundlicher, nachgiebiger, höflicher, rücksichtsvoller, teilnehmender (ich meine: auch äußerlich) ebenso wie ja z.B. auch ein Selbstherrscher, wenn er einmal außerhalb der Grenzen seines Landes ist, keinen Grund hat noch immer tyrannisch zu sein und sich gutmütig auch mit den niedrigsten Leuten einlassen kann. Tatsächlich standest Du z.B. auf den Gruppenbildern aus Franzensbad immer so gern und fröhlich zwischen den kleinen mürrischen Leuten, wie ein König auf Reisen. Davon hätten allerdings auch die Kinder ihren Vorteil haben können, nur hätten sie schon, was unmöglich war, in der Kinderzeit fähig sein müssen, das zu erkennen, und ich z.B. hätte nicht immerfort gewissermaßen im innersten, strengsten, zuschnürenden Ring Deines Einflusses wohnen dürfen, wie ich es ja wirklich getan habe.

Ich verlor dadurch nicht nur den Familiensinn, wie Du sagst, im Gegenteil, eher hatte ich noch Sinn für die Familie, allerdings hauptsächlich negativ für die (natürlich nie zu beendigende) innere Ablösung von Dir. Die Beziehungen zu den Menschen außerhalb der Familie litten aber durch Deinen Einfluss womöglich noch mehr. Du bist durchaus im Irrtum, wenn Du glaubst, für die anderen Menschen tue ich aus Liebe und Treue alles, für Dich und die Familie aus Kälte und Verrat nichts. Ich wiederhole zum zehntenmal: ich wäre wahrscheinlich auch sonst ein menschenscheuer ängstlicher Mensch geworden, aber von da ist noch ein langer dunkler Weg dorthin, wohin ich wirklich gekommen bin. [Bisher habe ich in diesem Brief verhältnismäßig weniges absichtlich verschwiegen, jetzt und später werde ich aber einiges verschweigen müssen, was (vor Dir und mir) einzugestehen, mir noch zu schwer ist. Ich sage das deshalb, damit Du, wenn das Gesamtbild hie und da etwas undeutlich werden sollte, nicht glaubst, dass Mangel an Beweisen daran schuld ist, es sind vielmehr Beweise da, die das Bild unerträglich krass machen könnten. Es ist nicht leicht darin eine Mitte zu finden.] Hier genügt es übrigens an früheres zu erinnern: Ich hatte vor Dir das Selbstvertrauen verloren, dafür ein grenzenloses Schuldbewusstsein eingetauscht. (In Erinnerung an diese Grenzenlosigkeit schrieb ich von jemandem einmal richtig: „Er fürchtet, die Scham werde ihn noch überleben") Ich konnte mich nicht plötzlich verwandeln, wenn ich mit anderen Menschen zusammenkam, ich kam vielmehr ihnen gegenüber noch in tieferes Schuldbewusstsein, denn ich musste ja, wie ich schon sagte, das an ihnen gutmachen, was Du unter meiner Mitverantwortung im Geschäft an ihnen verschuldet hattest. Außerdem hattest Du ja gegen jeden, mit dem ich verkehrte, offen oder im geheimen etwas einzuwenden, auch das musste ich ihm abbitten. Das Misstrauen, das Du mir in Geschäft und Familie gegen die meisten Menschen beizubringen suchtest (nenne mir einen in der Kinderzeit irgendwie für mich bedeutenden Menschen, den Du nicht wenigstens einmal bis in den Grund hinunterkritisiert hättest) und das Dich merkwürdigerweise gar nicht besonders beschwerte (Du warst eben stark genug es zu ertragen, außerdem war es in Wirklichkeit vielleicht nur ein Emblem des Herrschers) – dieses Misstrauen, das sich mir Kleinem für die eigenen Augen nirgends bestätigte, da ich überall nur unerreichbar ausgezeichnete Menschen sah, wurde in mir zu Misstrauen gegen mich selbst und zur fortwährenden Angst vor allem andern. Dort konnte ich mich also im Allgemeinen vor Dir gewiss nicht retten. Dass Du Dich darüber täuschtest, lag vielleicht daran, dass Du ja von meinem Menschenverkehr eigentlich gar nichts erfuhrst, und misstrauisch und eifersüchtig (leugne ich denn, dass Du mich lieb hast?) annahmst, dass ich mich für den Entgang an Familienleben anderswo entschädigen müsse, da es doch unmöglich wäre, dass ich draußen ebenso lebe. Übrigens hatte ich in dieser Hinsicht gerade in meiner Kinderzeit noch einen gewissen Trost eben im Misstrauen zu meinem Urteil; ich sagte mir: „Du übertreibst doch, fühlst, wie das die Jugend immer tut, Kleinigkeiten zu sehr als große Ausnahmen." Diesen Trost habe ich aber später bei steigender Weltübersicht fast verloren.

Ebenso wenig Rettung vor Dir fand ich im Judentum. Hier wäre ja an sich Rettung denkbar gewesen, oder noch mehr, es wäre denkbar gewesen, dass wir uns beide im Judentum gefunden hätten oder dass wir gar von dort einig ausgegangen wären. Aber was war das für Judentum, das ich von Dir bekam! Ich habe im Laufe der Jahre etwa auf dreierlei Art mich dazu gestellt.

Als Kind machte ich mir, in Übereinstimmung mit Dir, Vorwürfe deshalb, weil ich nicht genügend in den Tempel ging, nicht fastete u. s. w. Ich glaubte nicht mir, sondern Dir ein Unrecht damit zu tun und Schuldbewusstsein, das ja immer bereit war, durchlief mich.

Später, als junger Mensch, verstand ich nicht, wie Du mit dem Nichts von Judentum, über das Du verfügtest, mir Vorwürfe deshalb machen konntest, dass ich (schon aus Pietät, wie Du Dich ausdrücktest) nicht ein ähnliches Nichts auszuführen mich anstrenge. Es war ja wirklich, soweit ich sehen konnte, ein Nichts, ein Spaß, nicht einmal ein Spaß. Du gingst an 4 Tagen im Jahr in den Tempel, warst dort den Gleichgültigen zumindest näher als jenen, die es ernst nahmen, erledigtest geduldig die Gebete als Formalität, setztest mich manchmal dadurch in Erstaunen, dass Du mir im Gebetbuch die Stelle aufmischen konntest, die gerade rezitiert wurde, im Übrigen durfte ich, wenn ich nur (das war die Hauptsache) im Tempel war, mich herumdrücken, wo ich wollte. Ich durchgähnte und durchduselte also dort die vielen Stunden (so gelangweilt habe ich mich später, glaube ich, nur noch in der Tanzstunde) und suchte mich möglichst an den paar kleinen Abwechslungen zu freuen, die es dort gab, etwa wenn die Bundeslade aufgemacht wurde, was mich immer an die Schießbuden erinnerte, wo auch, wenn man in ein Schwarzes traf, eine Kastentüre sich aufmachte, nur dass dort aber immer etwas Interessantes herauskam und hier nur immer wieder die alten Puppen ohne Köpfe. Übrigens habe ich dort auch viel Furcht gehabt, nicht nur wie selbstverständlich vor den vielen Leuten, mit denen man in nähere Berührung kam, sondern auch deshalb, weil Du einmal nebenbei erwähntest, dass auch ich zur Thora aufgerufen werden könne. Davor zitterte ich jahrelang. Sonst aber wurde ich in meiner Langweile nicht wesentlich gestört, höchstens durch die Barmizwe, die aber nur lächerliches Auswendiglernen verlangte, also nur zu einer lächerlichen Prüfungsleistung führte, und dann, was Dich betrifft, durch kleine, wenig bedeutende Vorfälle, etwa wenn Du zur Thora gerufen wurdest und dieses für mein Gefühl ausschließlich gesellschaftliche Ereignis gut überstandest oder wenn Du bei der Seelengedächtnisfeier im Tempel bliebst und ich weggeschickt wurde, was mir durch lange Zeit, offenbar wegen des Weggeschicktwerdens und mangels jeder tieferen Teilnahme, lange das kaum bewusst werdende Gefühl hervorrief, dass es sich hier um etwas Unanständiges handle. – So war es im Tempel, zuhause war es womöglich noch ärmlicher und beschränkte sich auf den ersten Sederabend, der immer mehr zu einer Komödie mit Lachkrämpfen wurde, allerdings unter dem Einfluss der grösser werdenden Kinder. (Warum musstest Du Dich diesem Einfluss fügen? Weil Du ihn hervorgerufen hast.) Das war also das Glaubensmaterial, das mir überliefert wurde, dazu kam höchstens noch die ausgestreckte Hand, die auf „die Söhne des Millionärs Fuchs“ hinwies, die an hohen Feiertagen mit ihrem Vater im Tempel waren. Wie man mit diesem Material etwas Besseres tun könnte, als es möglichst schnell loszuwerden, verstand ich nicht; gerade dieses Loswerden schien mir die pietätvollste Handlung zu sein.

Noch später sah ich es aber doch wieder anders an und begriff, warum Du glauben durftest, dass ich Dich auch in dieser Hinsicht böswillig verrate. Du hattest aus der kleinen ghettoartigen Dorfgemeinde wirklich noch etwas Judentum mitgebracht, es war nicht viel und verlor sich noch ein wenig in der Stadt und beim Militär, immerhin reichten noch die Eindrücke und Erinnerungen der Jugend knapp zu einer Art jüdischen Lebens aus, besonders da Du ja nicht viel derartige Hilfe brauchtest, sondern von einem sehr kräftigen Stamm warst und für Deine Person von religiösen Bedenken, wenn sie nicht mit gesellschaftlichen Bedenken sich sehr mischten, kaum erschüttert werden konntest. Im Grund bestand der Dein Leben führende Glaube darin, dass Du an die unbedingte Richtigkeit der Meinungen einer bestimmten jüdischen Gesellschaftsklasse glaubtest und eigentlich also, da diese Meinungen zu Deinem Wesen gehörten, Dir selbst glaubtest. Auch darin lag noch genug Judentum, aber zum Weiter-überliefert-Werden war es gegenüber dem Kind zu wenig, es vertropfte zur Gänze während Du es weitergabst. Zum Teil waren es unüberlieferbare Jugendeindrücke, zum Teil Dein gefürchtetes Wesen. Es war auch unmöglich, einem vor lauter Ängstlichkeit überscharf beobachtenden Kind begreiflich zu machen, dass die paar Nichtigkeiten, die Du im Namen des Judentums mit einer ihrer Nichtigkeit entsprechenden Gleichgültigkeit ausführtest, einen höheren Sinn haben konnten. Für Dich hatten sie Sinn als kleine Andenken aus früheren Zeiten und deshalb wolltest Du sie mir vermitteln, konntest dies aber, da sie ja auch für Dich keinen Selbstwert mehr hatten, nur durch Überredung oder Drohung tun; das konnte einerseits nicht gelingen und musste andererseits Dich, da Du Deine schwache Position hier gar nicht erkanntest, sehr zornig gegen mich wegen meiner scheinbaren Verstocktheit machen.

Das Ganze ist ja keine vereinzelte Erscheinung, ähnlich verhielt es sich bei einem grossen Teil dieser jüdischen Übergangsgeneration, welche vom verhältnismäßig noch frommen Land in die Städte auswanderte; das ergab sich von selbst, nur fügte es eben unserem Verhältnis, das ja an Schärfen keinen Mangel hatte, noch eine genug schmerzliche hinzu. Dagegen sollst Du zwar auch in diesem Punkt, ebenso wie ich, an Deine Schuldlosigkeit glauben, diese Schuldlosigkeit aber durch Dein Wesen und durch die Zeitverhältnisse erklären, nicht aber bloß durch die äußeren Umstände, also nicht etwa sagen, Du hättest zu viel andere Arbeit und Sorgen gehabt, als dass Du Dich auch noch mit solchen Dingen hättest abgeben können. Auf diese Weise pflegst Du aus Deiner zweifellosen Schuldlosigkeit einen ungerechten Vorwurf gegen andere zu drehn. Das ist dann überall und auch hier sehr leicht zu widerlegen. Es hätte sich doch nicht etwa um irgendeinen Unterricht gehandelt, den Du Deinen Kindern hättest geben sollen, sondern um ein beispielhaftes Leben; wäre Dein Judentum stärker gewesen, wäre auch Dein Beispiel zwingender gewesen, das ist ja selbstverständlich und wieder gar kein Vorwurf, sondern nur eine Abwehr Deiner Vorwürfe. Du hast letzthin Franklins Jugenderinnerungen gelesen. Ich habe sie Dir wirklich absichtlich zum Lesen gegeben, aber nicht, wie Du ironisch bemerktest, wegen einer kleinen Stelle über Vegetarianismus, sondern wegen des Verhältnisses zwischen dem Verfasser und seinem Vater, wie es dort beschrieben ist, und des Verhältnisses zwischen dem Verfasser und seinem Sohn, wie es sich von selbst in diesen für den Sohn geschriebenen Erinnerungen ausdrückt. Ich will hier nicht Einzelheiten hervorheben.

Eine gewisse nachträgliche Bestätigung dieser Auffassung von Deinem Judentum bekam ich auch durch Dein Verhalten in den letzten Jahren, als es Dir schien, dass ich mich mit jüdischen Dingen mehr beschäftige. Da Du von vornherein gegen jede meiner Beschäftigungen und besonders gegen die Art meiner Interessennahme eine Abneigung hast, so hattest Du sie auch hier. Aber darüber hinaus hätte man doch erwarten können, dass Du hier eine kleine Ausnahme machst. Es war doch Judentum von Deinem Judentum, das sich hier regte, und damit also auch die Möglichkeit der Anknüpfung neuer Beziehungen zwischen uns. Ich leugne nicht, dass mir diese Dinge, wenn Du für sie Interesse gezeigt hättest, gerade dadurch hätten verdächtig werden können. Es fällt mir ja nicht ein, behaupten zu wollen, dass ich in dieser Hinsicht irgendwie besser bin als Du. Aber zu der Probe darauf kam es gar nicht. Durch meine Vermittlung wurde Dir das Judentum abscheulich, jüdische Schriften unlesbar, sie „ekelten Dich an". Das konnte bedeuten, dass Du darauf bestandest, nur gerade das Judentum, wie Du es mir in meiner Kinderzeit gezeigt hattest, sei das einzig Richtige, darüber hinaus gebe es nichts. Aber dass Du darauf bestehen solltest, war doch kaum denkbar. Dann aber konnte der „Ekel" (abgesehen davon, dass er sich zunächst nicht gegen das Judentum, sondern gegen meine Person richtete) nur bedeuten, dass Du unbewusst die Schwäche Deines Judentums und meiner jüdischen Erziehung anerkanntest, auf keine Weise daran erinnert werden wolltest und auf alle Erinnerungen mit offenem Hasse antwortetest. Übrigens war Deine negative Hochschätzung meines neuen Judentums sehr übertrieben; erstens trug es ja Deinen Fluch in sich und zweitens war für seine Entwicklung das grundsätzliche Verhältnis zu den Mitmenschen entscheidend, in meinem Fall also tötlich.

Richtiger trafst Du mit Deiner Abneigung mein Schreiben und was, Dir unbekannt, damit zusammenhing. Hier war ich tatsächlich ein Stück selbständig von Dir weggekommen, wenn es auch ein wenig an den Wurm erinnerte, der, hinten von einem Fuß niedergetreten, sich mit dem Vorderteil losreißt und zur Seite schleppt. Einigermaßen in Sicherheit war ich, es gab ein Aufatmen; die Abneigung, die Du natürlich gleich auch gegen mein Schreiben hattest, war mir hier ausnahmsweise willkommen. Meine Eitelkeit, mein Ehrgeiz litten zwar unter Deiner für uns berühmt gewordenen Begrüßung meiner Bücher: „Leg's auf den Nachttisch!" (meistens spieltest Du ja Karten, wenn ein Buch kam), aber im Grunde war mir dabei doch wohl, nicht nur aus aufbegehrender Bosheit, nicht nur aus Freude über eine neue Bestätigung meiner Auffassung unseres Verhältnisses, sondern ganz ursprünglich, weil jene Formel mir klang wie etwa: „Jetzt bist Du frei!" Natürlich war es eine Täuschung, ich war nicht oder allergünstigsten Falles noch nicht frei. Mein Schreiben handelte von Dir, ich klagte dort ja nur, was ich an Deiner Brust nicht klagen konnte. Es war ein absichtlich in die Länge gezogener Abschied von Dir, nur dass er zwar von Dir erzwungen war, aber in der von mir bestimmten Richtung verlief. Aber wie wenig war das alles! Es ist ja überhaupt nur deshalb der Rede wert, weil es sich in meinem Leben ereignet hat, anderswo wäre es gar nicht zu merken, und dann noch deshalb, weil es mir in der Kindheit als Ahnung, später als Hoffnung, noch später oft als Verzweiflung mein Leben beherrschte und mir – wenn man will, doch wieder in Deiner Gestalt – meine paar kleinen Entscheidungen diktierte. Zum Beispiel die Berufswahl. Gewiss, Du gabst mir hier völlige Freiheit in Deiner großzügigen und in diesem Sinn sogar geduldigen Art. Allerdings folgtest Du hiebei auch der für Dich maßgebenden allgemeinen Söhnebehandlung des jüdischen Mittelstandes oder zumindest den Werturteilen dieses Standes. Schließlich wirkte hiebei auch eines Deiner Missverständnisse hinsichtlich meiner Person mit. Du hältst mich nämlich seit jeher aus Vaterstolz, aus Unkenntnis meines eigentlichen Daseins, aus Rückschlüssen aus meiner Schwächlichkeit für besonders fleissig. Als Kind habe ich Deiner Meinung nach immerfort gelernt und später immerfort geschrieben. Das stimmt nun nicht im Entferntesten. Eher kann man mit viel weniger Übertreibung sagen, dass ich wenig gelernt und nichts erlernt habe; dass etwas in den vielen Jahren bei einem mittleren Gedächtnis, bei nicht allerschlechtester Auffassungskraft hängen geblieben ist, ist ja nicht sehr merkwürdig, aber jedenfalls ist das Gesamtergebnis an Wissen und besonders an Fundierung des Wissens äußerst kläglich im Vergleich zu dem Aufwand an Zeit und Geld inmitten eines äußerlich sorglosen, ruhigen Lebens, besonders auch im Vergleich zu fast allen Leuten, die ich kenne. Es ist kläglich, aber für mich verständlich. Ich hatte, seit dem ich denken kann, solche tiefste Sorgen der geistigen Existenzbehauptung, dass mir alles andere gleichgültig war. Jüdische Gymnasiasten bei uns sind leicht merkwürdig, man findet da das Unwahrscheinlichste, aber meine kalte, kaum verhüllte, unzerstörbare, kindlich hilflose, bis ins Lächerliche gehende, tierisch selbstzufriedene Gleichgültigkeit eines für sich genug aber kalt phantastischen Kindes habe ich sonst nirgends wieder gefunden, allerdings war sie hier auch der einzige Schutz gegen die Nervenzerstörung durch Angst und Schuldbewusstsein. Mich beschäftigte nur die Sorge um mich, diese aber in verschiedenster Weise. Etwa als Sorge um meine Gesundheit; es fing leicht an, hier und dort ergab sich eine kleine Befürchtung wegen der Verdauung, des Haarausfalls, einer Rückgratsverkrümmung u.s.w., das steigerte sich in unzählbaren Abstufungen, schließlich endete es mit einer wirklichen Krankheit. Was war das alles? Nicht eigentlich körperliche Krankheit. Aber da ich keines Dinges sicher war, von jedem Augenblick eine neue Bestätigung meines Daseins brauchte, nichts in meinem eigentlichen, unzweifelhaften, alleinigen, nur durch mich eindeutig bestimmten Besitz war, in Wahrheit ein enterbter Sohn, wurde mir natürlich auch das Nächste, der eigene Körper unsicher; ich wuchs lang in die

Höhe, wusste damit aber nichts anzufangen, die Last war zu schwer, der Rücken wurde krumm; ich wagte mich kaum zu bewegen oder gar zu turnen, ich blieb schwach; staunte alles, worüber ich noch verfügte als Wunder an, etwa meine gute Verdauung; das genügte um sie zu verlieren und damit war der Weg zu aller Hypochondrie frei, bis dann unter der übermenschlichen Anstrengung des Heiraten-Wollens (darüber spreche ich noch) das Blut aus der Lunge kam, woran ja die Wohnung im Schönbornpalais – die ich aber nur deshalb brauchte, weil ich sie für mein Schreiben zu brauchen glaubte, so dass auch das auf dieses Blatt gehört – genug Anteil gehabt haben kann. Also das alles stammte nicht von übergroßer Arbeit, wie Du Dir es immer vorstellst. Es gab Jahre, in denen ich bei voller Gesundheit mehr Zeit auf dem Kanapee verfaulenzt habe, als Du in Deinem ganzen Leben, alle Krankheiten eingerechnet. Wenn ich höchstbeschäftigt von Dir fortlief, war es meist, um mich in meinem Zimmer hinzulegen. Meine Gesamtarbeitsleistung sowohl im Büro (wo allerdings Faulheit nicht sehr auffällt und überdies durch meine Ängstlichkeit in Grenzen gehalten war) als auch zuhause ist winzig, hättest Du darüber einen Überblick, würde es Dich entsetzen. Wahrscheinlich bin ich in meiner Anlage gar nicht faul, aber es gab für mich nichts zu tun. Dort, wo ich lebte, war ich verworfen, abgeurteilt, niedergekämpft, und anderswohin mich zu flüchten strengte mich zwar äußerst an, aber das war keine Arbeit, denn es handelte sich um Unmögliches, das für meine Kräfte bis auf kleine Ausnahmen unerreichbar war.

In diesem Zustand bekam ich also die Freiheit der Berufswahl. War ich aber überhaupt noch fähig eine solche Freiheit eigentlich zu gebrauchen? Traute ich mir es denn noch zu, einen wirklichen Beruf erreichen zu können? Meine Selbstbewertung war von Dir viel abhängiger als von irgendetwas sonst, etwa von einem äusseren Erfolg. Der war die Stärkung eines Augenblicks, sonst nichts, aber auf der andern Seite zog Dein Gewicht immer viel stärker hinunter. Niemals würde ich durch die erste Volksschulklasse kommen, dachte ich, aber es gelang, ich bekam sogar eine Prämie; aber die Aufnahmeprüfung ins Gymnasium würde ich gewiss nicht bestehn, aber es gelang; aber nun falle ich in der ersten Gymnasialklasse bestimmt durch, nein, ich fiel nicht durch und es gelang immer weiter und weiter. Daraus ergab sich aber keine Zuversicht, im Gegenteil, immer war ich überzeugt – und in Deiner abweisenden Miene hatte ich förmlich den Beweis dafür – dass, je mehr mir gelingt, desto schlimmer es schließlich wird ausgehn müssen. Oft sah ich im Geist die schreckliche Versammlung der Professoren (das Gymnasium ist nur das einheitlichste Beispiel, überall um mich war es aber ähnlich) wie sie, wenn ich die Prima überstanden hatte, also in der Sekunda, wenn ich diese überstanden hatte, also in der Tertia u. s. w. zusammenkommen würden, um diesen einzigartigen himmelschreienden Fall zu untersuchen, wie es mir, dem Unfähigsten und jedenfalls Unwissendsten gelungen war, mich bis hinauf in diese Klasse zu schleichen, die mich, da nun die allgemeine Aufmerksamkeit auf mich gelenkt war, natürlich sofort ausspeien würde, zum Jubel aller von diesem Albdruck befreiten Gerechten. Mit solchen Vorstellungen zu leben ist für ein Kind nicht leicht. Was kümmerte mich unter diesen Umständen der Unterricht? Wer war imstande aus mir einen Funken von Anteilnahme herauszuschlagen? Mich interessierte der Unterricht und nicht nur der Unterricht sondern alles ringsherum in diesem entscheidenden Alter etwa so, wie einen Bankdefraudanten, der noch in Stellung ist und vor der Entdeckung zittert, das kleine laufende Bankgeschäft interessiert, das er noch immer als Beamter zu erledigen hat. So klein, so fern war alles neben der Hauptsache. Es ging dann weiter bis zur Matura durch die ich wirklich schon zum Teil nur durch Schwindel kam, und dann stockte es, jetzt war ich frei. Hatte ich schon trotzdem Zwang des Gymnasiums mich nur auf mich konzentriert, wie erst jetzt, da ich frei war. Also eigentliche Freiheit der Berufswahl gab es für mich nicht, ich wusste: alles wird mir gegenüber der Hauptsache genau so gleichgültig sein, wie alle Lehrgegenstände im Gymnasium, es handelt sich also darum einen Beruf zu finden, der mir, ohne meine Eitelkeit allzusehr zu verletzen, diese Gleichgültigkeit am ehesten erlaubt. Also war Jus das Selbstverständliche. Kleine gegenteilige Versuche der Eitelkeit, der unsinnigen Hoffnung, wie 14tägiges Chemiestudium, halbjähriges Deutschstudium verstärkten nur jene Grundüberzeugung. Ich studierte also Jus. Das bedeutete dass ich mich in den paar Monaten vor den Prüfungen unter reichlicher Mitnahme der Nerven geistig förmlich von Holzmehl nährte, das mir überdies schon von tausenden Mäulern vorgekaut war. Aber in gewissem Sinn schmeckte mir das gerade, wie in gewissem Sinn früher auch das Gymnasium und später der Beamtenberuf, denn das alles entsprach vollkommen meiner Lage. Jedenfalls zeigte ich hier erstaunliche Voraussicht, schon als kleines Kind hatte ich hinsichtlich der Studien und des Berufes genug klare Vorahnungen. Von hier aus erwartete ich keine Rettung, hier hatte ich schon längst verzichtet.

Gar keine Voraussicht fast zeigte ich aber hinsichtlich der Bedeutung und Möglichkeit einer Ehe für mich; dieser bisher größte Schrecken meines Lebens ist fast vollständig unerwartet über mich gekommen. Das Kind hatte sich so langsam entwickelt, diese Dinge lagen ihm äußerlich gar zu abseits, hie und da ergab sich die Notwendigkeit daran zu denken; dass sich hier aber eine dauernde, entscheidende und sogar die erbitterteste Prüfung vorbereite, war nicht zu erkennen. In Wirklichkeit aber wurden die Heiratsversuche der großartigste und hoffnungsreichste Versuch Dir zu entgehn, entsprechend großartig war dann allerdings auch das Misslingen.

Ich fürchte, weil mir in dieser Gegend alles misslingt, dass es mir auch nicht gelingen wird, Dir diese Heiratsversuche verständlich zu machen. Und doch hängt das Gelingen des ganzen Briefes davon ab, denn in diesen Versuchen war einerseits alles versammelt, was ich an positiven Kräften zur Verfügung hatte, andererseits sammelten sich hier auch geradezu mit Wut alle negativen Kräfte, die ich als Mitergebnis Deiner Erziehung beschrieben habe, also die Schwäche, der Mangel an Selbstvertrauen, das Schuldbewusstsein und zogen förmlich einen Kordon zwischen mir und der Heirat. Die Erklärung wird mir auch deshalb schwer werden, weil ich hier alles in sovielen Tagen und Nächten immer wieder durchdacht und durchgraben habe, dass selbst mich jetzt der Anblick schon verwirrt. Erleichtert wird mir die Erklärung nur durch Dein meiner Meinung nach vollständiges Missverstehn der Sache; ein so vollständiges Missverstehn ein wenig zu verbessern, scheint nicht übermäßig schwer.

Zunächst stellst du das Misslingen der Heiraten in die Reihe meiner sonstigen Misserfolge; dagegen hätte ich an sich nichts, vorausgesetzt, dass Du meine bisherige Erklärung des Misserfolgs annimmst. Es steht tatsächlich in dieser Reihe, nur die Bedeutung der Sache unterschätzt Du und unterschätzt sie derartig, dass wir, wenn wir miteinander davon reden, eigentlich von ganz verschiedenem sprechen. Ich wage zu sagen, daß Dir in Deinem ganzen Leben nichts geschehen ist, was für Dich eine solche Bedeutung gehabt hätte, wie für mich die Heiratsversuche. Damit meine ich nicht, dass Du an sich nichts so Bedeutendes erlebt hättest, im Gegenteil, Dein Leben war viel reicher und sorgenvoller und gedrängter als meines, aber eben deshalb ist Dir nichts derartiges geschehn. Es ist so wie wenn einer fünf niedrige Treppenstufen hinaufzusteigen hat und ein zweiter nur eine Treppenstufe, die aber so hoch ist, wie jene fünf zusammen; der Erste wird nicht nur die fünf bewältigen, sondern noch hunderte und tausende weitere, er wird ein großes und sehr anstrengendes Leben geführt haben, aber keine der Stufen, die er erstiegen hat, wird für ihn eine solche Bedeutung gehabt haben, wie für den Zweiten jene eine, erste, hohe, für alle seine Kräfte unmöglich zu ersteigende Stufe, zu der er nicht hinauf und über die er natürlich auch nicht hinauskommt.

Heiraten, eine Familie gründen, alle Kinder, welche kommen wollen, hinnehmen, in dieser unsicheren Welt erhalten und gar noch ein wenig führen ist meiner Überzeugung nach das Äußerste, das einem Menschen überhaupt gelingen kann. Dass es scheinbar so vielen leicht gelingt, ist kein Gegenbeweis, denn erstens gelingt es tatsächlich nicht vielen und zweitens „tun" es diese Nicht vielen meistens nicht, sondern es geschieht bloß mit ihnen; das ist zwar nicht jenes Äußerste, aber doch noch sehr groß und sehr ehrenvoll (besonders da sich „tun" und „geschehn" nicht rein von einander scheiden lassen). Und schließlich handelt es sich auch gar nicht um dieses Äußerste, sondern nur um irgendeine ferne, aber anständige Annäherung; es ist doch nicht notwendig mitten in die Sonne hineinzufliegen, aber doch bis zu einem reinen Plätzchen auf der Erde hinzukriechen, wo manchmal die Sonne hinscheint und man sich ein wenig wärmen kann.

Wie war ich nun auf dieses vorbereitet? Möglichst schlecht. Das geht schon aus dem bisherigen hervor. Soweit es aber dafür eine direkte Vorbereitung des Einzelnen und eine direkte Schaffung der allgemeinen Grundbedingungen gibt, hast Du äußerlich nicht viel eingegriffen. Es ist auch nicht anders möglich, hier entscheiden die allgemeinen geschlechtlichen Standes-, Volks- und Zeitsitten. Immerhin hast Du auch da eingegriffen, nicht viel, denn die Voraussetzung solchen Eingreifens kann nur starkes gegenseitiges Vertrauen sein und daran fehlte es uns beiden schon längst zur entscheidenden Zeit, und nicht sehr glücklich, weil ja unsere Bedürfnisse ganz verschieden waren; was mich packt, muss Dich noch kaum berühren und umgekehrt, was bei Dir Unschuld ist, kann bei mir Schuld sein und umgekehrt, was bei Dir folgenlos bleibt, kann mein Sargdeckel sein.

Ich erinnere mich, ich ging einmal abend mit Dir und der Mutter spazieren, es war auf dem Josefsplatz in der Nähe der heutigen Länderbank und fing dumm großtuerisch, überlegen, stolz, kühl (das war unwahr), kalt (das war echt) und stotternd wie ich eben meistens mit Dir sprach, von den interessanten Sachen zu reden an, machte Euch Vorwürfe, dass ich unbelehrt gelassen worden bin, dass sich erst die Mitschüler meiner hatten annehmen müssen, dass ich in der Nähe großer Gefahren gewesen bin (hier log ich meiner Art nach unverschämt, um mich mutig zu zeigen, denn infolge meiner Ängstlichkeit hatte ich bis auf die gewöhnlichen Bettsünden der Stadtkinder keine genauere Vorstellung von den „grossen Gefahren“) deutete aber zum Schluss an, dass ich jetzt schon glücklicher Weise alles wisse, keinen Rat mehr brauche und alles in Ordnung sei. Hauptsächlich hatte ich davon jedenfalls zu reden angefangen, weil es mir Lust machte, davon wenigstens zu reden, dann auch aus Neugierde und schließlich auch, um mich irgendwie für irgendetwas an Euch zu rächen. Du nahmst es entsprechend Deinem Wesen sehr einfach, Du sagtest nur etwa, Du könntest mir einen Rat geben, wie ich ohne Gefahr diese Dinge werde betreiben können. Vielleicht hatte ich gerade eine solche Antwort hervorlocken wollen, sie entsprach ja der Lüsternheit des mit Fleisch und allen guten Dingen überfütterten, körperlich untätigen, mit sich ewig beschäftigten Kindes, aber doch war meine äußerliche Scham dadurch so verletzt oder ich glaubte, sie müsse so verletzt sein, dass ich gegen meinen Willen nicht mehr mit Dir darüber sprechen konnte und hochmütig frech das Gespräch abbrach.

Es ist nicht leicht Deine damalige Antwort zu beurteilen, einerseits hat sie doch etwas niederwerfend offenes, gewissermaßen urzeitliches, andererseits ist sie allerdings, was die Lehre selbst betrifft, sehr neuzeitlich bedenkenlos. Ich weiß nicht, wie alt ich damals war, viel älter als 16 Jahre gewiss nicht. Für einen solchen Jungen war es aber doch eine sehr merkwürdige Antwort und der Abstand zwischen uns beiden zeigt sich auch darin, dass das eigentlich die erste direkte, Leben-umfassende Lehre war, die ich von Dir bekam. Ihr eigentlicher Sinn aber, der sich schon damals in mich einsenkte, mir aber erst viel später halb zu Bewusstsein kam, war folgender: Das, wozu Du mir rietest, war doch das Deiner Meinung und gar erst meiner damaligen Meinung nach schmutzigste, was es gab. Dass Du dafür sorgen wolltest, dass ich körperlich von dem Schmutz nichts nachhause bringe, war nebensächlich, dadurch schütztest Du ja nur Dich, Dein Haus. Die Hauptsache war vielmehr, dass Du außerhalb Deines Rates bliebst, ein Ehemann, ein reiner Mann, erhaben über diese Dinge; das verschärfte sich damals für mich wahrscheinlich noch dadurch, dass mir auch die Ehe schamlos vorkam und es mir daher unmöglich war, das, was ich allgemeines über die Ehe gehört hatte, auf meine Eltern anzuwenden. Dadurch wurdest Du noch reiner, kamst noch höher. Der Gedanke, dass Du etwa vor der Ehe auch Dir einen ähnlichen Rat hättest geben können, war mir völlig undenkbar. So war also fast kein Restchen irdischen Schmutzes an Dir. Und eben Du stießest mich, so als wäre ich dazu bestimmt, mit ein paar offenen Worten in diesen Schmutz hinunter. Bestand die Welt also nur aus mir und Dir, eine Vorstellung, die mir sehr nahe lag, dann endete also mit Dir diese Reinheit der Welt und mit mir begann kraft Deines Rates der Schmutz. An sich war es ja unverständlich, dass Du mich so verurteiltest, nur alte Schuld und tiefste Verachtung Deinerseits konnte mir das erklären. Und damit war ich also wieder in meinem innersten Wesen angefasst und zwar sehr hart.

Hier wird vielleicht auch unser beider Schuldlosigkeit am

deutlichsten. A. gibt dem B. einen offenen, seiner Lebensauffassung entsprechenden, nicht sehr schönen, aber doch auch heute in der Stadt durchaus üblichen, Gesundheitsschädigungen vielleicht verhindernden Rat. Dieser Rat ist für B. moralisch nicht sehr stärkend, aber warum sollte er sich aus dem Schaden nicht im Laufe der Jahre herausarbeiten können, übrigens muss er ja dem Rat gar nicht folgen und jedenfalls liegt in dem Rat allein kein Anlass dafür, dass über B. etwa seine ganze Zukunftswelt zusammenbricht. Und doch geschieht etwas in dieser Art, aber eben nur deshalb weil A. Du bist und B. ich bin.

Diese beiderseitige Schuldlosigkeit kann ich auch deshalb besonders gut überblicken, weil sich ein ähnlicher Zusammenstoss zwischen uns unter ganz andern Verhältnissen etwa 20 Jahre später wieder ereignet hat, als Tatsache grauenhaft, an und für sich allerdings viel unschädlicher, denn wo war da etwas an mir 36 jährigem, dem noch geschadet werden konnte. Ich meine damit eine kleine Aussprache an einem der paar aufgeregten Tage nach Mitteilung meiner letzten Heiratsabsicht. Du sagtest zu mir etwa: „Sie hat wahrscheinlich irgendeine ausgesuchte Bluse angezogen, wie das die Prager Jüdinnen verstehn, und daraufhin hast Du Dich natürlich entschlossen sie zu heiraten. Und zwar möglichst rasch, in einer Woche, morgen, heute. Ich begreife Dich nicht, Du bist doch ein erwachsener Mensch, bist in der Stadt, und weißt Dir keinen andern Rat als gleich eine Beliebige zu heiraten. Gibt es da keine anderen Möglichkeiten? Wenn Du Dich davor fürchtest, werde ich selbst mit Dir hingehn." Du sprachst ausführlicher und deutlicher, aber ich kann mich an die Einzelheiten nicht mehr erinnern, vielleicht wurde mir auch ein wenig nebelhaft vor den Augen, fast interessierte mich mehr die Mutter, wie sie, zwar vollständig mit Dir einverstanden, immerhin etwas vom Tisch nahm und damit aus dem Zimmer ging.

Tiefer gedemütigt hast Du mich mit Worten wohl kaum und deutlicher mir Deine Verachtung nie gezeigt. Als Du vor 20 Jahren ähnlich zu mir gesprochen hast, hätte man darin mit Deinen Augen sogar etwas Respekt für den frühreifen Stadtjungen sehen können, der Deiner Meinung nach schon so ohne Umwege ins Leben eingeführt werden konnte. Heute könnte diese Rücksicht die Verachtung nur noch steigern, denn der Junge, der damals einen Anlauf nahm, ist in ihm stecken geblieben und scheint Dir heute um keine Erfahrung reicher, sondern nur um 20 Jahre jämmerlicher. Meine Entscheidung für ein Mädchen bedeutete Dir gar nichts. Du hattest meine Entscheidungskraft (unbewusst) immer niedergehalten und glaubtest jetzt (unbewusst) zu wissen, was sie wert war. Von meinen Rettungsversuchen in anderen Richtungen wusstest Du nichts, daher konntest Du auch von den Gedankengängen, die mich zu diesem Heiratsversuch geführt hatten, nichts wissen, musstest sie zu erraten suchen und rietst entsprechend dem Gesamturteil, das Du über mich hattest, auf das Abscheulichste, Plumpste, Lächerlichste. Und zögertest keinen Augenblick, mir das auf ebensolche Weise zu sagen. Die Schande, die Du damit mir antatest, war Dir nichts im Vergleich zu der Schande, die ich Deiner Meinung nach Deinem Namen durch die Heirat machen würde.

Nun kannst Du ja hinsichtlich meiner Heiratsversuche manches mir antworten und hast es auch getan: Du könntest nicht viel Respekt vor meiner Entscheidung haben, wenn ich die Verlobung mit F. zweimal aufgelöst und zweimal wieder auf genommen habe, wenn ich dich und die Mutter nutzlos zu der Verlobung nach Berlin geschleppt habe u.s.w. Das alles ist wahr, aber wie kam es dazu?

Der Grundgedanke beider Heiratsversuche war ganz korrekt: einen Hausstand gründen, selbstständig werden. Ein Gedanke, der Dir ja sympathisch ist, nur dass es dann in Wirklichkeit so ausfällt, wie das Kinderspiel, wo einer die

Hand des anderen hält und sogar presst und dabei ruft: „Ach geh doch, geh doch, warum gehst Du nicht?“ Was sich allerdings in unserem Fall dadurch kompliziert, dass Du das „geh doch!“ seit jeher ehrlich gemeint hast, da Du ebenso seit jeher, ohne es zu wissen, nur kraft Deines Wesens mich gehalten oder richtiger niedergehalten hast.

Beide Mädchen waren zwar durch den Zufall, aber außerordentlich gut gewählt. Wieder ein Zeichen Deines vollständigen Missverstehns, dass Du glauben kannst, ich der Ängstliche, Zögernde, Verdächtigende entschließe mich mit einem Ruck für eine Heirat, etwa aus Entzücken über eine Bluse. Beide Ehen wären vielmehr Vernunftehen geworden, soweit damit gesagt ist, dass Tag und Nacht, das erste Mal Jahre, das zweite Mal Monate, alle meine Denkkraft an den Plan gewendet worden ist.

Keines der Mädchen hat mich enttäuscht, nur ich sie beide. Mein Urteil über sie ist heute genau das gleiche, wie damals als ich sie heiraten wollte.

Es ist auch nicht so, dass ich beim zweiten Heiratsversuch die Erfahrungen des ersten missachtet hätte, also leichtsinnig gewesen wäre. Die Fälle waren eben ganz verschieden, gerade die früheren Erfahrungen konnten mir im zweiten Fall, der überhaupt viel aussichtsreicher war, Hoffnung geben. Von Einzelheiten will ich hier nicht reden.

Warum also habe ich nicht geheiratet? Es gab einzelne Hindernisse wie überall, aber im Nehmen solcher Hindernisse besteht ja das Leben. Das wesentliche, vom einzelnen Fall leider unabhängige Hindernis war aber, dass ich offenbar geistig unfähig bin zu heiraten. Das äußert sich darin, dass ich von dem Augenblick an, wo ich mich entschließe zu heiraten nicht mehr schlafen kann, der Kopf glüht bei Tag und Nacht, es ist kein Leben mehr, ich schwanke verzweifelt herum. Es sind das nicht eigentlich Sorgen, die das verursachen, zwar laufen auch entsprechend meiner Schwerblütigkeit und

Pedanterie unzählige Sorgen mit, aber sie sind nicht das entscheidende, sie vollenden zwar wie Würmer die Arbeit am Leichnam, aber entscheidend getroffen bin ich von anderem. Es ist der allgemeine Druck der Angst, der Schwäche, der Selbstmissachtung.

Ich will es näher zu erklären versuchen: Hier beim Heiratsversuch trifft in meinen Beziehungen zu Dir zweierlei scheinbar Entgegengesetztes so stark wie nirgends sonst zusammen. Die Heirat ist gewiss die Bürgschaft für die schärfste Selbstbefreiung und Unabhängigkeit. Ich hätte eine Familie, das Höchste, was man meiner Meinung nach erreichen kann, also auch das Höchste, was Du erreicht hast, ich wäre Dir ebenbürtig, alle alte und ewig neue Schande und Tyrannei wäre bloß noch Geschichte. Das wäre allerdings märchenhaft, aber darin liegt eben schon das Fragwürdige. Es ist zu viel, so viel kann nicht erreicht werden. Es ist so, wie wenn einer gefangen wäre und er hätte nicht nur die Absicht zu fliehen, was vielleicht erreichbar wäre, sondern auch noch und zwar gleichzeitig die Absicht, das Gefängnis in ein Lustschloss für sich umzubauen. Wenn er aber flieht, kann er nicht umbauen und wenn er umbaut kann er nicht fliehn. Wenn ich in dem besonderen Unglücksverhältnis, in welchem ich zu Dir stehe, selbständig werden will, muss ich etwas tun, was möglichst gar keine Beziehung zu Dir hat; das Heiraten ist zwar das Größte und gibt die ehrenvollste Selbständigkeit, aber es ist auch gleichzeitig in engster Beziehung zu Dir. Hier hinauskommen zu wollen, hat deshalb etwas von Wahnsinn und jeder Versuch wird fast damit gestraft.

Gerade diese enge Beziehung lockt mich ja teilweise auch zum Heiraten. Ich denke mir diese Ebenbürtigkeit, die dann zwischen uns entstehen würde und die Du verstehen könntest wie keine andere, eben deshalb so schön, weil ich dann ein freier, dankbarer, schuldloser, aufrechter Sohn sein Du ein unbedrückter, untyrannischer, mitfühlender, zufriedener Vater sein könntest. Aber zu dem Zweck müsste eben alles Geschehene ungeschehen gemacht, d.h. wir selbst ausgestrichen werden.

So wie wir aber sind, ist mir das Heiraten dadurch verschlossen, dass es gerade Dein eigenstes Gebiet ist. Manchmal stelle ich mir die Erdkarte ausgespannt und Dich quer über sie hin ausgestreckt vor. Und es ist mir dann, als kämen für mein Leben nur die Gegenden in Betracht, die Du entweder nicht bedeckst oder die nicht in Deiner Reichweite liegen. Und das sind entsprechend der Vorstellung, die ich von Deiner Größe habe, nicht viele und nicht sehr trostreiche Gegenden und besonders die Ehe ist nicht darunter.

Schon dieser Vergleich beweist, dass ich keineswegs sagen will, Du hättest mich durch Dein Beispiel aus der Ehe, so etwa wie aus dem Geschäft verjagt. Im Gegenteil, trotz aller fernen Ähnlichkeit. Ich hatte in Eurer Ehe eine in vielem mustergültige Ehe vor mir, mustergültig in Treue, gegenseitiger Hilfe, Kinderzahl, und selbst als dann die Kinder groß wurden und immer mehr den Frieden störten, blieb die Ehe als solche davon unberührt. Gerade an diesem Beispiel bildete sich vielleicht auch mein hoher Begriff von der Ehe; dass das Verlangen nach der Ehe ohnmächtig war, hatte eben andere Gründe. Sie lagen in Deinem Verhältnis zu den Kindern, von dem ja der ganze Brief handelt.

Es gibt eine Meinung, nach der die Angst vor der Ehe manchmal davon herrührt, dass man fürchtet, die Kinder würden einem später das heimzahlen, was man selbst an den eigenen Eltern gesündigt hat. Das hat, glaube ich, in meinem Fall keine sehr große Bedeutung, denn mein Schuldbewusstsein stammt ja eigentlich von Dir und ist auch zu sehr von seiner Einzigartigkeit durchdrungen, ja dieses Gefühl der Einzigartigkeit gehört zu seinem quälenden Wesen, eine Wiederholung ist unausdenkbar. Immerhin muss ich sagen, dass mir ein solcher stummer, dumpfer, trockener, verfallener Sohn unerträglich wäre, ich würde wohl, wenn keine andere

Möglichkeit wäre, vor ihm fliehn, auswandern, wie Du es erst wegen meiner Heirat machen wolltest. Also mitbeeinflusst mag ich bei meiner Heiratsunfähigkeit auch davon sein.

Viel wichtiger aber ist dabei die Angst um mich. Das ist so zu verstehn: Ich habe schon angedeutet, dass ich im Schreiben und in dem, was damit zusammenhängt, kleine Selbständigkeitsversuche, Fluchtversuche mit allerkleinstem Erfolg gemacht habe, sie werden kaum weiterführen, vieles bestätigt mir das. Trotzdem ist es meine Pflicht oder vielmehr es besteht mein Leben darin, über ihnen zu wachen, keine Gefahr, die ich abwehren kann, ja keine Möglichkeit einer solcher Gefahr an sie herankommen zu lassen. Die Ehe ist die Möglichkeit einer solchen Gefahr, allerdings auch die Möglichkeit der größten Förderung, mir aber genügt, dass es die Möglichkeit einer Gefahr ist. Was würde ich dann anfangen, wenn es doch eine Gefahr wäre! Wie könnte ich in der Ehe weiterleben in dem vielleicht unbeweisbaren, aber jedenfalls unwiderleglichen Gefühl dieser Gefahr! Demgegenüber kann ich zwar schwanken, aber der schließliche Ausgang ist gewiss, ich muss verzichten. Der Vergleich von dem Sperling in der Hand und der Taube auf dem Dach passt hier nur sehr entfernt. In der Hand habe ich nichts, auf dem Dach ist alles und doch muss ich – so entscheiden es die Kampfverhältnisse und die Lebensnot – das Nichts wählen. Ähnlich habe ich ja auch bei der Berufswahl wählen müssen.

Das wichtigste Ehehindernis aber ist die schon unausrottbare Überzeugung, dass zur Familienerhaltung und gar zu ihrer Führung alles das notwendig gehört, was ich an Dir erkannt habe und zwar alles zusammen, Gutes und Schlechtes, so wie es organisch in Dir vereinigt ist, also Stärke und Verhöhnung des andern, Gesundheit und eine gewisse Maßlosigkeit, Redebegabung und Unzulänglichkeit, Selbstvertrauen und Unzufriedenheit mit jedem andern, Weltüberlegenheit und Tyrannei, Menschenkenntnis und Misstrauen gegenüber den meisten, dann auch Vorzüge ohne jeden Nachteil wie Fleiß, Ausdauer, Geistesgegenwart, Unerschrockenheit. Von alledem hatte ich vergleichsweise fast nichts oder nur sehr wenig und damit wollte ich zu heiraten wagen, während ich doch sah, dass selbst Du in der Ehe schwer zu kämpfen hattest und gegenüber den Kindern sogar versagtest? Diese Frage stellte ich mir natürlich nicht ausdrücklich und beantworte sie nicht ausdrücklich, sonst hätte sich ja das gewöhnliche Denken der Sache bemächtigt und mir andere Männer gezeigt, welche anders sind als Du (um in der Nähe einen von Dir sehr verschiedenen zu nennen: Onkel Richard) und doch geheiratet haben und darunter wenigstens nicht zusammengebrochen sind, was schon sehr viel ist und mir reichlich genügt hätte. Aber diese Frage stellte ich eben nicht, sondern erlebte sie von Kindheit an. Ich prüfte mich ja nicht erst gegenüber der Ehe sondern gegenüber jeder Kleinigkeit; gegenüber jeder Kleinigkeit überzeugtest Du mich durch Dein Beispiel und durch Deine Erziehung, so wie ich es zu beschreiben versucht habe, von meiner Unfähigkeit und was bei jeder Kleinigkeit stimmte und Dir Recht gab, musste natürlich ungeheuerlich stimmen vor dem Größten, also vor der Ehe. Bis zu den Heiratsversuchen bin ich aufgewachsen etwa wie ein Geschäftsmann, der zwar mit Sorgen und schlimmen Ahnungen, aber ohne genaue Buchführung in den Tag hineinlebt. Er hat ein paar kleine Gewinne, die er infolge ihrer Seltenheit in seiner Vorstellung immerfort hätschelt und übertreibt, und sonst nur tägliche Verluste. Alles wird eingetragen, aber niemals bilanziert. Jetzt kommt der Zwang zur Bilanz d.h. der Heiratsversuch. Und es ist bei den großen Summen, mit denen hier zu rechnen ist, so, als ob niemals auch nur der kleinste Gewinn gewesen wäre, alles eine einzige große Schuld. Und jetzt heirate, ohne wahnsinnig zu werden!

So endet mein bisheriges Leben mit Dir und solche Aussichten trägt es in sich für die Zukunft.

Du könntest, wenn Du meine Begründung der Furcht, die ich vor Dir habe, überblickst, antworten: „Du behauptest, ich mache es mir leicht, wenn ich mein Verhältnis zu Dir einfach durch Dein Verschulden erkläre, ich aber glaube, dass Du trotz äußerlicher Anstrengung es Dir zumindest nicht schwerer, aber viel einträglicher machst. Zuerst lehnst auch Du jede Schuld und Verantwortung von Dir ab, darin ist also unser Verfahren das gleiche. Während ich aber dann so offen, wie ich es auch meine, die alleinige Schuld Dir zuschreibe, willst Du gleichzeitig „übergescheit" und „überzärtlich" sein und auch mich von jeder Schuld freisprechen. Natürlich gelingt Dir das letztere nur scheinbar (mehr willst Du ja auch nicht) und es ergibt sich zwischen den Zeilen trotz aller „Redensarten" von Wesen und Natur und Gegensatz und Hilflosigkeit, dass eigentlich ich der Angreifer gewesen bin, während alles, was Du getrieben hast, nur Selbstwehr war. Jetzt hättest Du also schon durch Deine Unaufrichtigkeit genug erreicht, denn Du hast dreierlei bewiesen, erstens dass Du unschuldig bist, zweitens dass ich schuldig bin und drittens dass Du aus lauter Großartigkeit bereit bist, nicht nur mir zu verzeihn, sondern, was mehr und weniger ist, auch noch zu beweisen und es selbst glauben zu wollen, dass ich, allerdings entgegen der Wahrheit, auch unschuldig bin. Das könnte Dir jetzt schon genügen, aber es genügt Dir noch nicht. Du hast es Dir nämlich in den Kopf gesetzt, ganz und gar von mir leben zu wollen. Ich gebe zu, dass wir miteinander kämpfen, aber es gibt zweierlei Kampf. Den ritterlichen Kampf, wo sich die Kräfte selbstständiger Gegner messen, jeder bleibt für sich, verliert für sich, siegt für sich. Und den Kampf des Ungeziefers, welches nicht nur sticht, sondern gleich auch zu seiner Lebenserhaltung das Blut saugt. Das ist ja der eigentliche Berufssoldat und das bist Du. Lebensuntüchtig bist Du; um es Dir aber darin bequem, sorgenlos und ohne Selbstvorwürfe einrichten zu können, beweist Du, dass ich alle Deine Lebenstüchtigkeit Dir genommen und in meine Taschen gesteckt habe. Was kümmert es Dich jetzt, wenn Du lebensuntüchtig bist, ich habe ja die Verantwortung, Du aber streckst Dich ruhig aus und lässt Dich, körperlich und geistig, von mir durchs Leben schleifen. Ein Beispiel: Als Du letzthin heiraten wolltest, wolltest Du, das gibst Du ja in diesem Brief zu, gleichzeitig nicht heiraten, wolltest aber, um Dich nicht anstrengen zu müssen, dass ich Dir zum Nichtheiraten verhelfe, indem ich wegen der „Schande", die die Verbindung meinem Namen machen würde, Dir diese Heirat verbiete. Das fiel mir nun aber gar nicht ein. Erstens wollte ich Dir hier, wie auch sonst nie „in Deinem Glück hinderlich sein" und zweitens will ich niemals einen derartigen Vorwurf von meinem Kind zu hören bekommen. Hat mir aber die Selbstüberwindung, mit der ich Dir die Heirat freistellte, etwas geholfen? Nicht das geringste. Meine Abneigung gegen die Heirat hätte sie nicht verhindert, im Gegenteil, es wäre an sich noch ein Anreiz mehr für Dich gewesen, das Mädchen zu heiraten, denn der „Fluchtversuch", wie Du Dich ausdrückst, wäre ja dadurch vollkommener geworden. Und meine Erlaubnis zur Heirat hat Deine Vorwürfe nicht verhindert, denn Du beweist ja, dass ich auf jeden Fall an Deinem Nichtheiraten schuld bin. Im Grunde aber hast Du hier und in allem anderen für mich nichts anderes bewiesen, als dass alle meine Vorwürfe berechtigt waren und dass unter ihnen noch ein besonders berechtigter Vorwurf gefehlt hat, nämlich der Vorwurf der Unaufrichtigkeit, der Liebedienerei, des Schmarotzertums. Wenn ich nicht sehr irre, schmarotzest Du an mir auch noch mit diesem Brief als solchem.

Darauf antworte ich, dass zunächst dieser ganze Einwurf, der sich zum Teil auch gegen Dich kehren lässt, nicht von Dir stammt, sondern eben von mir. So groß ist ja nicht einmal Dein Misstrauen gegen andere, wie mein Selbstmisstrauen, zu dem Du mich erzogen hast. Eine gewisse Berechtigung des Einwurfes, der ja auch noch an sich zur Charakterisierung unseres Verhältnisses Neues beiträgt, leugne ich nicht. So können natürlich die Dinge in Wirklichkeit nicht aneinanderpassen, wie die Beweise in meinem Brief, das Leben ist mehr als ein Geduldspiel; aber mit der Korrektur, die sich durch diesen Einwurf ergibt, einer Korrektur, die ich im Einzelnen weder ausführen kann noch will, ist meiner Meinung nach doch etwas der Wahrheit so sehr Angenähertes erreicht, dass es uns beide ein wenig beruhigen und Leben und Sterben leichter machen kann.

Franz

FSC
www.fsc.org
MIX
Papier | Fördert gute Waldnutzung
FSC® C083411

Zeitfracht Medien GmbH
Ferdinand-Jühlke-Straße 7
99095 Erfurt, Deutschland
produktsicherheit@kolibri360.de

Druck:
CPI Druckdienstleistungen GmbH
im Auftrag der
Zeitfracht Medien GmbH
Ein Unternehmen der Zeitfracht - Gruppe
Ferdinand-Jühlke-Str. 7
99095 Erfurt